苦手図鑑

北大路公子

角川文庫
20010

苦手図鑑

目次

もの悲しい秋の夕暮れ

秋の夕暮れは時に人を惑わすという。それはたとえばうたた寝の後、ひとり目覚めたあなたの身をふいに襲う奇妙な出来事かもしれない。

静かな夕暮れ時だった。住み慣れた家の住み慣れた茶の間で、あなたはぼんやりと目をあける。寝起きの痺《しび》れるような気だるさが、全身を包んでいる。まだ起き上がることはできない。手足を床に投げ出したまま「誰もいない」とあなたは思う。実際はとなりの部屋に娘がいて、あなたの挙動の一部始終を目撃しているのだが、しかし今はまだそのことは知らない。

娘は外出中だとあなたは思っている。家で仕事してると信じていたら一日ゲームしていて、あげくの果てに「肩こったからちょっとマッサージ行ってくるわー」とふざけた言葉を残して出かけて行った娘。つまりそれはこれを書いている私のことに他ならないわけだが、とにかくその娘がついさっき帰宅してきたことに、あなたはまだ気づいていない。

だから、あなたはひとりぼっちだ。夫は仕事で、娘はマッサージ。なにか悲しい夢の名残でも追うように眉《まゆ》をひそめ、気持ちのどこかをまだ眠りの中に残したまま、目だけでゆっくりとあたりを見回している。あるいは夢と現《うつつ》を行き来しながら、何かを見るともなしに見つめている。

何かといってもあなたの場所からは換気口からぶら下がった埃《ほこり》くらいしか見るべきものはないが、それにしてもなぜあれは寝転がっている時は非常に気になるのに、起き上がった途端その存在を忘れてしまうのだろう。あとお米の虫よけ「米びつ先生」ね。家を出る時までは覚えているのに、店に行った途端買うのを忘れる。もう五回くらい続けて忘れている。虫のつくる『米虫組合』か何かが、人の記憶から虫よけ商品を消す術でもかけているのだろうか。

みるみるうちに日は落ち、部屋の中はすっかり暗い。埃を眺めるにも、部屋の隅で無遠慮に光るテレビだけが頼りだ。眠る前に見ていたドラマの再放送は終わってしまった。『相棒』だ。「水谷豊はちゃんと犯人逮捕したべか」と北海道訛《なま》りであなたは思う。もちろん逮捕したに決まっている。あの人はいつだってうまくやるのだ。ただ、彼の活躍をこの目で見届けられなかったのは少し残念だ。

それにしても日が短くなった。冬の気配が日増しに濃くなる。あなたの傍らではストーブが燃えていて、その赤い炎が窓に反射しているのに気づく。ああ明かりをつけてカーテンを閉めなければ、とあなたは考える。大きな窓だ。あまりに大きくて、夏になるとノーガード状態で侵入する西日が酷暑を招き、ならば冬ならいいかというと、冬は冬でその巨大なガラス越しに冷気がしんしんと染み込んでくる。おまけにカーテンを閉め忘れると、向かいに建つマンションの住民に家の中を広く開帳する造りになっている。オープンマインドを否定するつもりはないけれど、さすがにそれは困る。

以前、そのマンションの一室で取っ組み合いの夫婦喧嘩《げんか》が執り行われた際、奥さんの胸ぐらをつかんで振り回し中の旦那《だんな》さんと偶然目が合ったことがある。それによって喧嘩の手が緩んだのは世界平和の意味からもまあいいこととして、カーテンを閉めないというのはつまりそういうことなのだ。

ゆっくりと立ち上がり、あなたはまず電燈《でんとう》のスイッチを入れる。一気に目の前が白く明るくなる。蛍光灯の暴力的な眩《まぶ》しさに、とっさに顔をしかめ、しかめたままカーテンを閉めるべく、窓辺へ向かう。と、その時である。あなたの目に、一人の女の姿が飛び込んでくるのは。女は窓の外に立ち、じっとこちらを見つめている。驚いたあなたは思わず立ち止まる。だ、誰？　いや、問わずともわかる。

「ミヨちゃんでしょ！」

ミヨちゃんはあなたの姉である。姉といってもあなたは七人兄妹の末っ子であるから、姉だけで五人いる。案外多い。そのうちの四番目の姉であるミヨちゃんが、黙ってこちらを見ている。見ているだけではない。口を開き、何か言ったような気がするが、しかし声は聞こえない。うろたえたあなたは、さらに言う。

「ミヨちゃん！　なしたのさ！　なして窓から!!」

言いながら、ふとここが二階であることを思い出してドキリとする。そう、あなたの家の茶の間は二階にあるのだ。

あなたは混乱する。実をいえば何年か前にも同じようなことがあり、その時はふいに訪ねてきた姉に驚いて、「あっちから！　あっちの玄関から入って！」と夢中で腕を振り回したところ、窓の向こうのミヨちゃんも同じように腕を振り回したために、初めてそれがミヨちゃんではなくガラスに映った自分であることに気がついた。「ミヨちゃんと私がこんなに似てるとは思わなかったよ」と笑ったその日のことを、けれども今のあなたは、なぜかきれいに忘れている。少し寝ぼけていたせいかもしれない。あるいはやはり秋の夕暮れの魔力に惑わされてしまったのかもしれない。いずれにせよ、ここが二階であるという事実だけが頭の中をぐるぐる廻っている。

二階なのに、窓の外にミヨちゃんがいる。

あなたはもうそのことしか考えられない。実際はミヨちゃんではなく、あなた自身なのであるが、しかしミヨちゃんがいるとあなたは思う。一体何が起きたのか。わけがわからず、あなたは窓辺に近づくことさえできない。ただ術《すべ》もなく立ち尽くすだけだ。と、しかしその直後、あなたの表情が激変する。驚愕《きょうがく》や困惑は一瞬にして消え、優しさと慈愛と悲しみを漂わせた菩薩《ぼさつ》のような顔つきになる。あなたはすべてを悟ったのだ。柔らかな声であなたはミヨちゃんにそっと語りかける。

「ああ、死んだんだね、ミヨちゃん。そうなんだね。かわいそうに。いつ死んだの？今日？」

わずか数十秒の出来事だった、と偶然見ていた娘は証言するだろう。母に何が起きたのか理解する間も声をかける間もなかった、と。母と娘がそれぞれに見た、幻のような秋の夕暮れの光景。笑っていいのか心配していいのかわからない、その不思議な景色とは無関係なところで、おかげさまでミヨちゃんは今日も元気に生きているのである。

ぱなし人からの挑戦状

これはもしや挑戦状なのか。洗濯かごの中に丸められた靴下を見るたび、私は密《ひそ》かにそう思ってきた。

脱いだ靴下である。朝、目が覚めて、その日の気分や気候にふさわしい一足を選び、それをおのが足に装着し、装着したが最後、一日中汗などをかきつつあんなところやこんなところを歩き回った靴下である。

それを夜になって脱ぐ。もちろん脱ぐのは構わない。むしろ積極的に脱いでもらいたいと私は考える人間である。そういう点では融通の利く柔軟なタイプといえよう。嫁にもらうのにもピッタリだ。だがしかし、そうして脱いだ靴下を洗濯かごに投入する際に、わざわざ丸める人の了見については、これがわからない。

我が家の場合でいえば、父である。父が丸めるのだ。猛烈に丸める。私は長きに亘《わた》りこの家の洗濯人として地道な洗濯活動を繰り広げてきたが、父はその間、一度の例外もなく、脱いだ靴下を丸め、あまつさえ片方をもう片方にすっぽり入れ込んでしまうという行為に及んできた。ということは、洗濯する際に洗濯人であるところの私がそれをいちいち手に取り、分離し、伸ばす作業に励まねばならないということであり、これはもうものすごく手間だ。そして無条件になんか気持ち悪い。しかも、父は夏場でも靴下を頑《かたく》なに履く人間であるから、一年三百六十五日、閏年《うるうどし》は三百六十六日、私は他人の汚れた靴下をひっくり返し続けなければならないことになる。

いや、誤解のないように言っておくが私自身は、昔、巷《ちまた》で騒がれた「父親のパンツは割りばしでつまんで別々に洗う」ような非情な人間ではない。ていうか、そんなことは面倒でやっていられない。それができる人間は、割りばしを使って靴下を分離することも苦ではないだろう。そうではなく、日頃は「ぱなしっぱなし」である父が、よりによって靴下に関してのみ律儀に丸め続けることに関して、どうにも釈然としない思いを抱いているのである。

ぱなしっぱなし。

トイレ入りゃ便座上げっぱなし。洗面所使えば床濡《ぬ》れっぱなし。トイレットペーパー自分のところで終われば終わりっぱなし。ソバに七味唐辛子振りかければ蓋《ふた》開けっぱなし。開けっぱなしというか、中途半端にちょっと閉めてあるのが却《かえ》ってたちが悪く、次に私が使おうと蓋部分を持ち上げた一秒後に本体が丼めがけて落下して一面汁まみれという、なんというか、一度や二度ならムカっ腹が立つだけで治まるけれどもそれ以降はこう心の奥底に黒々とした硬い種のような物があっておやこれは何かしらとしげしげ見つめたならば殺意、という気分に陥ることも多々あるのである。

それが父という人間であり、しかも何度頼んでも一向に態度を改善しない。私は小心者であるが故に人にものを頼むのが苦手で、誰かに何かを頼むくらいならいっそ命令したいと欲して将来の夢は独裁者なわけだが、その私がおのれを曲げて頼んでいるにもかかわらず、相変わらず全面的に「ぱなしっぱなし」。「わかったよ」とは言うが、もちろん言うだけである。

「お父さん、靴下だけどさ、丸めないでそのままかごに入れてくれる？」

「わかったよ。ところでキミコ、K市の火葬場にお化け出るって話、知ってる？　写真撮るのも禁止なんだってよ。何でかわかる？　写るから！　お化け写るから！」

って、これ全然わかってないだろう。

単なる裏返しならまだ納得できる。以前、いくら注意しても子供がパンツを裏返しに脱ぐと憤慨している友達がいたが、私の場合、裏返しに対して含むところは何もない。現に父はほぼ百パーセントに近い確率でパンツを裏返しに脱ぐが、別に腹も立たない。これは私が無類の足嫌いで股間好きということではなく、「ぱなしっぱなし」の人間がパンツを裏返しに脱ぐのは理にかなっており、さらには裏返しのパンツは裏返しのまま洗い、裏返しのまま干し、裏返しのまま畳んで本人に渡す、という不動のシステムが私の中で完成しているからである。そこには何の矛盾も葛藤《かっとう》もない。なんならそのまま裏返しに穿《は》いてくれれば、次に脱いだ時には表になっていて大変清々《すがすが》しいとすら思う。さすが融通の利く柔軟なタイプである。嫁にもらうのにも本当にピッタリだ。

が、しつこいようだが、靴下は丸めるのである。裏返すのではなく、常に丸める。「ぱなしっぱなし」の人間にとっては、それも結構な手間に違いないはずなのに、宿業のように丸め続ける。なぜか。答えは一つしかないのではないか。そう、非洗濯人から洗濯人への挑戦である。

「なんだかんだ言いながら、結局は靴下を伸ばすのだろう? 所詮《しょせん》伸ばさずにいられないのだろう?」

丸められた靴下が発する声なき声を、その日、私は確かに聞いた気がした。それは父から娘への言葉ではない。非洗濯人から洗濯人への挑戦状である。到底、聞き流すことなどできるはずがなかった。

私は受けて立った。

そんなわけで、今現在、我が家の物干しには丸められたままの父の靴下がダラリと干されている。片方に片方を入れ込んだままであるから、一見して死にぞこなったかたつむりのように見える。大変だらしなく、そして汚い。おまけに永遠の生乾き感に満ちている。

そのすべてが洗濯人の罪悪感を刺激する見た目であり、正直いって胸が痛んで仕方ない。が、私は目を逸《そ》らしてじっと耐えている。これは単なる序章に過ぎない。闘いは始まったばかりだ。洗濯かごから丸められた靴下が消える日まで、どんなに苦しくとも勝負を投げ出すことはできないのだ。

今日、初めて丸めたままの靴下を父に渡す。生乾きのそれを手に父は何を思うのか。勝利の日は近いと信じたい。

冬のサヤマさん

サヤマさんの生活習慣および個人情報については、興味のあるなしに拘《かか》わらず、そのかなりの部分を我々は把握している。この場合の「我々」とは、サヤマ家の近くに住むことを共通項とする、幾人かの人間を指すと思ってもらってかまわない。

サヤマさんの特徴は、よく通る大きな声と、それによってもたらされる徹底したオープンマインドにある。夏の夕涼みの際、あるいは冬の雪かきの際、つまりは戸外でのなんらかの活動中に我々の姿を見かけたサヤマさんは、どんなに遠くからでも躊躇《ためら》うことなく声をかけてくる。

「あらあ、こんにちはあ！」

サヤマさんの肺活量は平均、つまり多くの五十代女性よりかなり上位の数値を示している。サヤマさんはそれを民謡教室および、これまた平均をかなり上回る体重に因るものだと信じている。民謡教室に関しては「愉快である」以外の感想を口にしないサヤマさんであるが、体重に関しては思うところは多い。とりわけ今の季節、即ち冬から春にかけては毎年その増加傾向が顕著であり、サヤマさんの懊悩《おうのう》を深める原因となっている。もちろん我々がそのようなサヤマさんの苦悩を、興味本位で聞き出したわけではない。サヤマさん自身が「あらあ、こんにちはあ！」に続く立ち話において、自ら熱心に喧伝《けんでん》するのが常である。

「やんなるわあ！　なんぼしても太るばっかしなんだって！」

叫ぶようにサヤマさんは嘆くのだ。

しかし、彼女の名誉のためにいうならば、サヤマさんは決して怠惰な生活を送っているわけではない。それどころか実によく働く。彼女の朝は早く、そして非常にめまぐるしい。会社員の夫の妻として、そして同じく会社員の娘の母親として、ついでにいえば一匹の雌猫の飼い主として、文字どおり息つく暇もない。

とりわけ食事の支度には力を入れる。決して手は抜かない。朝ごはんは一日の基本だとサヤマさんは考えているのだ。だが、自身がその朝食を家族とともにとることは、実際にはほとんどない。こまごまとした雑事が後を絶たないうえに、冬場は雪かきという大仕事が控えていることが多いからだ。

サヤマさんの雪かきは迫力がある。三種類の除雪器具を駆使し、豪快に雪をかいていで雪かきが嫌いではない。時間にして三十分から一時間。身体は疲れるが、サヤマさんは雪かきが嫌いではない。目に見える成果と、はずむ息が達成感を呼び起こすからだ。雪かき後、汗を流すためシャワーを浴びることもある。さらには洗濯機を回し、ついでに風呂も掃除して、それからようやく朝食だ。気がつけば、十時を回っていることも珍しくはない。そして、それらスケジュールもっぱらサヤマさん自身によって喧伝されている。

「腹の皮つっぱれば目の皮たるむってね！」

だから我々はサヤマさんが朝食後、そう唱えながら少し眠るのも、まるでこの目で見たかのように知っている。

昼寝時間は概ね三十分。サヤマさんの寝起きはすこぶるいい。本人はそれを平均より少し上回る血圧のせいだと思っているが、真偽のほどを知る方法はない。いずれにせよ起きると同時に再び家事にとりかかり、重戦車のごとき勢いですべてをこなす。昼食はとらないことが多い。朝食後、すぐに眠ってしまった自分に対する罪悪感のためだ。サヤマさんはゴミの指定日を無視する人間に対し、散歩中の犬が振り返るほどの大声で叱責《しっせき》することも辞さない厳しい性質をもつが、同じようにおのれに対しても厳しい人間なのである。

家事を終えると民謡教室の日は教室へ、そうじゃない日は買い物にでかける。どちらも夏は自転車だが、冬は徒歩だ。往復三十分。帰宅し、荷物を玄関に置いたまま、その日二度目の雪かきに励むこともままある。雪というのは一度降り始めると、往々にして一日中しんしんと降り続けるものなのだ。

そして休む間もなく夕飯の準備にとりかかり、風呂をわかし、猫をかわいがり、やがて帰宅する夫もしくは娘と一緒に、時によっては一人で食事をすることになる。入浴はほぼ毎日欠かさない。少しぬるめのお湯にゆっくりとつかった後、ビールを呑《の》むのが、サヤマさんの至福の時だ。銘柄にはこだわらない。味ではなく値段で購入を決めると、もちろんこれも本人による喧伝がなされている。

「味なんてたいしてわかんないって！　でも値段は目で見てすぐわかるもの！」

名言を胸にサヤマさんは眠りにつく。明日もまた忙しいのだ。

それが我々の知るサヤマさんの一日である。彼女はこうして冬を過ごし、そして今年もまた太った。私の胸は痛む。彼女は知らないのだ。目覚めと同時に猛烈に働き、食べ、少し眠り、また働き、食べ、眠る。その一日が力士のそれとほぼ同じであることを。力士が太る宿命にあるなら、彼女もまたそうした業を抗いがたく背負っていることを。

もちろん我々は、いやそう一括《ひとくく》りにするのが乱暴ならば、少なくとも私はサヤマさんを愛すべき人物とみなしている。だからこそ何度か事実を告げようとした。だがたいていの場合、彼女の迫力に押され、一方的に近所の布団屋倒産情報などを与えられては、ただ相槌《あいづち》のみを繰り返して辞するしかなかったのである。私ごときがサヤマさんと対等に話をするなど、百年早いのかもしれない。

「なんぼしても太るばっかしなんだって！」

今日も響く彼女の声に、私はただ一刻も早い本格的春の訪れを祈るばかりである。

確信を求めて

　この不安定な現代社会、「確信」などというものは、はたして本当に存在するのだろうか。

　そう考える人には、ぜひ我が家を訪れてもらいたい。その際はできれば私と入れ替わり、娘として我が母と相対することを提案したい。大丈夫、私であるための条件は案外ゆるい。隙あらば昼酒を呑《の》み、隙なくば晩酌で我慢し、ビールが切れそうになったらばそれを補充することを生活の第一義とする。もうそれだけで十分あなたは私となる。

　私となったあなたには早速ビールの補充に向かってほしい。その件に関しては、これまでは「佐藤浩市がＣＭに出演している限りキリン一番搾りを買い続ける」との姿勢が大切であったが、今年に入って突如彼が「麒麟淡麗」方面に異動を果たしたうえ、私は発泡酒があまり好みではないので本当に困っています一体どうしたらいいでしょうか。と相談している場合ではなく、ここは銘柄にはこだわらず、お好みのものを自由に選んでいただきたい。

購入先は、我が家から車で一～二分の場所にあるコンビニエンスストア。店舗の特徴が「特徴がない」ということに尽きるそこは、去年まで「缶ビールを六本買うと売れ残りの発泡酒が十二本オマケについてくる」という、資本主義の根本を揺るがすような衝撃的な特徴を持つ酒屋に通っていた身にとっては些《いささ》か物足りないが、なぜかというか案の定というか、その酒屋が昨年末に閉店してしまったため、近さ重視という点で今のところ他の選択肢はない。ちなみに前述のとおり私は発泡酒をあまり好まないが、オマケ即ち無料物件についてはその限りではないことを付け加えておく。

さて、買い出しに出る際にはここが重要なのだが、母親に一言声をかけることを忘れてはいけない。「ちょっとコンビニでビール買ってくるわ」。すると母親がなにやら慌てた様子で「あ、待って！　待って！」とバタバタしながら紙きれを一枚、「これもお願い！」と差し出すので、まずは受け取ってみてほしい。

それはクリーニング店の引き替え券で、要は、おのれの楽しみである酒の調達ばかりに腐心せずたまには人の役に立てついてはそこに預けてあるセーターを引き取ってこい呑んだくれ娘よ、ということを暗に告げているわけである。もちろんこちらに返す言葉はなく、その際心に浮かぶ「でも逆方向だし」という言葉についても、口に出そうが出すまいが大勢に影響はないと承知しているが、どれ、念のため言ってみましょうか。

「いや、でも逆方向だし」

「車なんだから、ついでてでしょ！」

車を使用するからといって北方向にある建物が南へ移動するわけではない、という事実は母親にとっては無意味である。あるいは言っても通じない。それで引き替え券を手におとなしく家を出ようとすると、「あ、クリーニング屋まで行くなら、やっぱりこっちも！」とさらに一枚のカードを手渡される。カードは母親の診察券で、これに関しては、現在昼休み中の病院へ行きこれを受付へ提出してはくれまいかさすれば午後に受ける診察の待ち時間が少なくすんでお母さん楽だから、という解釈で間違いない。病院はコンビニやクリーニング屋とはまた別方向にあるではないか、という訴えに関しても答えはあらかじめわかっているが、どれ、念のため訊《き》いてみましょうか。

「いや、でも別方向」

「ついでてでしょ！」

このあたりでなんとなく心に疲れを感じ始めるので、できれば早めにすべてを諦《あきら》めるのが得策である。すると、まるでそれを見透かしたかのように三たび引き留められるから、後はもう無言で手を出すだけでいい。手の上には一枚の一万円札が載り、それはもちろんコンビニともクリーニング店とも病院とも別方向かつ遠方にあるスーパーへ行きビールよりはるかに重い米を買ってきなさいだってついでゃでしょ！　という指令であるので、ありがたく受けるわけだが、受けるついでに半ばヤケクソに「もう用事はない？」と尋ねてみるのも一興である。

瞬間、母親は幼子のように顔を輝かせ、「あるよ！　あるある！」と奥から紙包みを持ち出してくる。それが知人宛《あて》の父親からの快気祝いであることに気づくのは、「これ、サトウさんちに届けて」と、まるで当たり前のように言われてからだ。サトウさん宅へは少なく見積もってもコンビニ二十往復ほどの距離があり、もうそうなると方向など何の意味も持たないのだがとりあえずいっておくと、コンビニともクリーニング店とも病院ともスーパーとも、わりと別方向。

「サトウさんち？」

「そう」

「何で？」

「何でってあんた、あ、ダメだ、あんたその汚いカッコじゃダメだわ。着替えて」

「は？」

「着替えてちゃんとして行って」

「いや、だから何で私がサトウさんちに」

「ついででしょ！」

結局、部屋へ戻り洋服を着替えるわけだが、その時である。理不尽な思いを抱いたままの胸に、いよいよ一つの「確信」がじわじわと広がってくる。心の中で噛《か》み締めるのもいい。あるいはその場で声に出すのも構わない。

「私は確信する！　どう考えてもこれが『ついで』ではなく『わざわざ』であることを！」

……まあ、実際書いてみると全然宣言するほどのことではないことがわかって動揺するが、しかしどんなに小さな確信であっても、それが確信であることに変わりない。だからこそ確かさを求めて現代社会を彷徨《さまよ》っている人は、こぞって我が家へ来るがいい。そしてコンビニとクリーニング店と病院とスーパーとサトウさんちに、わざわざ向かうといい。その時ビールと米を同じスーパーで買うという手もあるが、猛烈に重くなるので私は勧めない。

借りられ女の悲劇

よく借金を申し込まれる。私の数少ない特技の一つに「旅先で道を尋ねられる」というのがあって、道を歩いている時はもちろん、ガイドブック片手に駅で路線図を食い入るように見ている時でさえ、「××耳鼻科へはどう行ったらいいでしょう」などと当たり前のように訊《き》かれて、本当に襟首つかんで理由を問いただしたいくらい不思議なのだが、それと同じくらいの頻度と不思議さでもってしょっちゅう借金を申し込まれる。

誓って言う。私に金などない。金持ちにも見えない。駅でガイドブック持って立ってるくらいわかりやすいレベルの貧乏だ。なのに、申し込まれる。

申し込んでくる相手は様々である。街ですれ違った小学生に「百円貸して」と手を出されたこともあるし(これは借金じゃないか)、友達の家に行ったら友達が泣きながら借金取りと電話していて、私に気づくと受話器を置きつつそのまま流れるように土下座に移行して「五万貸して」と言ったこともある。どこぞの流派の特別な作法かというような流麗な動きであった。友人のつむじの形とともに今も忘れられない。

もちろんたいていの借金申し込みは、土下座ではなく電話によってなされる。たとえば昨日。昼食の素麺《そうめん》を機嫌よく茹《ゆ》でている最中に、もう四年くらい会っていない知り合いから電話がかかってきて、「今何してる？」と訊くから、「素麺茹でてる」と正直に答えると、

「あ、そりゃ悪い時に電話しちゃったな。じゃあ手短に言うけど」

「うん」

「三百万貸してくれる？」

って、どう贔屓《ひいき》目にみても人生で三番目くらいに手短に言っちゃいけないことを手短に言われたのである。その思い切りは確かにすごいが、三百万。四年会ってなくて、いきなり電話で三百万。しかもヤツ、伸ばしたからね。驚きのあまり思わず言葉を失っている私に向かって、

「あれ？　もしもーし」

って、二度めの「も」を存分に伸ばしたからね。五万で泣きながら土下座されても困るが、三百万で「も」を伸ばされても何か釈然としない。あまりうるさいことは言

いたくないけれども、「も」も身も縮めてこその借金申し込みではないのか。

それでもなんとか気を取り直し、私は恐る恐る尋ねてみる。

「えーと、な、何に使うのかな、三百万」

「んーと、借金返済？」

正直じいさん役で昔話に出演できそうなのびのびした正直者だが、その答えで貸すバカがいたら、私がそのバカから先に借りたい。

当然ながら私は即座に断った。経験上、迷ったら負けなのは知っている。断ると同時に、「じゃあね」と電話も切る。グズグズしていると二十万円あたりまで値下げ交渉をしてくることもわかっているからだ。

だが、ここで気を抜くわけにはいかない。相手も必死だ。間違いなく時間をおいて再び電話をかけてくる。それを見越して電源も切る。さらには以前、別の知り合いの十万円の借金を断ったら「車を差し押さえられる、お願い」「今レッカーされた」「そのままスクラップ工場に向かってる」「ああもうダメだ、目の前で車が潰されました……」という大変芝居がかった嘘メールが十五分おきくらいに届いたあげく、「でも今なら十万円で中古車を譲ってくれるそうです」とダメを押されたことがあるので、メールの拒否も検討する。

こうして書いていても我ながら見事な先見の明と的確な対処だと思うが、それを身につけるまでどれだけのいらん経験と無駄な授業料を積んだかについては、今は語りたくない。

なにはともあれ、電話からメール拒否まで、一連の作業を終えてようやく息をつき、ひとり茹で過ぎの素麵をのろのろと食べた。身体も心もがっくりと疲れている。借金というのは頼む方も大変だろうが、断る方もまた消耗するのである。

それにしても本当に人はなぜ私に金を借りようと思いつくのか。そしてなぜ返そうとはあまり思いつかないのか。やはりいくら貧乏暮らしをしていても、私の内側からあふれ出る気品のようなものは隠せないのか。それとも本人には伏せられているが、私はやがて地球を救う救世主か何かで、バックには世界規模の巨大な資金が潜んでいるのか。あるいはこれまた昔、借金を断る言い訳として「取り立てが出来ない性質だから貸さないことにしている」と告げたところ、「だから借りにくるんだって」と逆ギレされたことがあるが、もしかするとそのあたりの何かか。

……って、まあ答えは考えるまでもないが。いずれにせよ「私にはろくな友達がいないのでは?」という恐ろしくも根本的問題をはらんだまま、今後も私の借金申し込まれ女としての道は続くであろう。そんな予感に打ち震える午後であった。

ちなみに同じ人に何度かお金を貸した場合、
一、回数を重ねるごとに借金額が大きくなり、
二、と同時に返済率が下がり、
三、とりわけ三度目くらいからシャレにならんくらい返ってこなくなり、
四、そしてどんどん言い訳が奇妙になります。
なかでも私がもっとも気に入っている言い訳がこれ。

「今日、返済用のお金を持った人がフェリーで本州からこっちに向かうはずだったんだけど、海が時化《しけ》てて船が出ないみたいなんだよね。何日かかるか見通し立たないらしくてお金待ってもらえる？」

じゃあ振り込めよ！　本州の銀行からよ！　あれ便利だからよ！　とさすがに拳《こぶし》を握りしめました。

ああ、本当に人はなぜ私に借金を申し込みたがるのか。

混乱のゴミ問題

某月某日

「我が市で近々ゴミ収集が有料化される」という恐ろしい噂を耳にする。私はチーズとトマトとみのもんたと人生の変化を苦手とする保守体質なので、そのような大改革にはとても耐えられそうにない。うろたえる私に、さらに「分別も九種類に増える」という信じがたい話を友人がする。思わず中腰になり、「一週間は七日なのに九種類って何！　二日足りないだろうが！　おまえは五月みどりか！」と叫ぶが、「収集が一日に一つとは限りません。あと五月みどりの意味がわかりません」と冷静に指摘される。

憤然としたまま家に帰り、五月みどりの名曲『一週間に十日来い』の動画ＵＲＬを送りつけるも、「この頃はまだ私（全然）生まれてませんから」とつれない返事が届く。全然という言葉を括弧でくくっていることの真意はわからないが、私だって（ギリギリ）生まれてない。が、自分のいない世界のことを知るのが教養というものであり、それはゴミ分別よりずっと大事なことではないかと熱く訴え、そして軽く無視される。

某月某日

ゴミのことなど忘れて暮らしたいのに、「保存版ごみ分けガイド」なる冊子が自治体から強制的に届く。見ると複雑かつ繁雑な分別方法が五十ページにもわたって書き連ねてあり、おまけに「ミーゴス」とかいう三人組のキャラクターまで登場している。

「ミーゴ・ワケラレオ（分別）」

「ミーゴ・ヘルベルト（減量）」

「ミーゴ・リサラ（リサイクル）」

彼らは皆、フラメンコ奏者。性格はそれぞれ異なるけれども、街をキレイにしたいと願う気持ちは同じ妖精《ようせい》たち……って、そんなこと考える暇と金があるなら今すぐ強力焼却炉でも造って、冷蔵庫から醜いおのれの心まで全部そこで燃やせるようにしろよ！　と思わず憤死しそうになる。友人にその怒りをぶつけると「それは地球への愛が足りない考え方だ」と諭されるが、愛？　愛って何よ！　焼却炉にはなくてフラメンコ奏者にはあるっての!? その愛ってやつは!

某月某日

ゴミ有料化が決まってから、どうも怒りっぽくなっているような気がする。心を落ち着けようと紙パックの焼酎《しょうちゅう》などを一人呑《の》むが、このパックもやがて分別基準が変わるのだと思うと、今のうちに処分せねばと気が急《せ》いて、結果として呑み過ぎる。途中、酒が足りなくなり、買い足しに走った時には、ゴミ有料化の隠された闇を見る思いがした。

某月某日

今まで「燃やせない」派だったビデオテープや靴などが、今後は「燃やせる」派になるらしいと聞き、世の中の移ろいやすさを知る。もう何も信じられない、変わらぬものなどないのだと、虚《むな》しさに襲われながら飲酒。酔っ払って、去年離婚した友人に「テープも燃えるようになるんだから、そりゃあんたの元旦那《だんな》も心変わりくらいするわね」と口走って叱られる。ゴミ有料化が決まってから、どうも人間関係までマズくなっているような気がする。

某月某日

翻弄《ほんろう》される私の心情をまったく無視して着々とゴミ有料・繁雑化は近づく。仕方なく「保存版ごみ分けガイド」に目を通すが、やはり九種類の分別の意味がわからない。なぜ七種類にしないのか。いやここは思い切って五種類、土日を休みとして五種類で日替わり収集、それですべてがすっきりするではないか。ただでさえ複雑化するこの現代社会、ゴミくらいは気持ちよく割り切りたいではないか。あるいはそれが無理だというなら、「地球への愛」の発露として、分別も「愛」を基準にするくらいの心意気を見せるべきではないか。

そう、ゴミ分別の基準は愛。ゴミを「愛情ある物」と「愛情ない物」に分け、着られなくなった子供の服や古いぬいぐるみなどは前者、正月の福袋に入っていた金色の熊の置物や結婚前に夫からもらったラブレターなんかは後者、するとそのラブレターを出勤途中のゴミ捨て場で見つけた夫が妻の心変わりに衝撃を受け、放心状態のままふと気付けば見知らぬ駅にひとり。ああ、ここはどこだろう海が見える、そうだいっそ何もかも捨ててここで暮らそう、愛を失った俺の心を寄せては返す波が洗ってくれるだろうと、その日から海辺の小さな町に住みつき、新聞配達などをしながら日を送るうち、やがて夕方になれば近所の娘さんがやってきて「ケンさん、あたしがお料理してあげる」とエプロン姿で台所に立つようになる。彼女は明らかに彼に気があるのだが、しかしどれだけ通いつめても彼の目はいつも遠いどこかを見つめており、「ケンさん、心に決めた人がいるの？」「いや、俺はもう……」なんてことを繰り返したある日、夕日を眺める彼に近づいてくる人影。

「あなた……捜したわよ」

懐かしいその声に振り向くと、そこには数年ぶりの妻の姿が。妻は涙を流しながら例のラブレターを取り出し、

「信じて。これはあの日、犬のチビがいたずらして『愛情ないゴミ箱』に……」

「わかってる、本当はわかってたんだ」

抱き合う二人を愛が包んだその時、しかしふいに近所の娘の声が響く。

「どうして？　どうしてなの？　あたしのお腹にはケンさんの赤ちゃんがいるのに！」

ええっ？　ケンさん、あんたいつの間に。私を含めた誰もが言葉を失う中、美しい夕日があたりを照らし、ミーゴスの奏でる分別フラメンコが流れる、ああ、これぞ愛のゴミ分別劇場。

某月某日

ゴミのことを考えるのに疲れたので、五月みどりのことを考える。彼女と小松みどりは姉妹なのになぜ名字ではなく名前部分を共有しているのか。一人では答えがでず、思い切って妹に質問したところ、

「みどりが名字なんじゃない？」

が、外国人？

某月某日

有料・繁雑化を目前にして駆け込みゴミ捨てが増えているというニュースが流れる中、友人からメールが届く。

「今のうちに不用品を捨てようと実家に戻り、両親の古い衣装簞笥《だんす》を片づけたところ、購入から半世紀は経っていそうな『ゴンドラ印のコンドーム』が、しかも未開封で発見されました。これは燃やせるでしょうか、燃やせないでしょうか、もしくは愛あるゴミでしょうか、愛はないでしょうか、娘としてどうしたらいいでしょうか」

ケンさんにあげるといいと思う。

某月某日

多くの混乱と愛の形を呑み込んだまま、ゴミの有料化開始される。

夏を生き切る

あーあ。いや、のっけから「あーあ」ってことはないが、でもあーあ。何なんだ、この寒さは。長い、もうほんとうんざりするほど長くて毎日毎日雪ばっか降って、楽しみといったら近所のオヤジどもがスコップという名の武器を片手に繰り広げる、「道路に雪投げんなや」「投げてないべや。そっちこそ人んちの駐車場に雪積むなや」という小競り合い見物だけ、という冬を乗り越えて(ちなみに春先はスコップが雪割り用のツルハシに替わってスリルがアップする)、ようやく訪れた夏。

それがあなた、バカみたいに寒いのだ。もう全然テンションが上がらない。昔、うちで飼ってた猫の「待って待って待って出てきたエサが嫌いなドライフードだけだった時」にも匹敵するガッカリだ。猫でも肩を落とすのだと、あの時私は初めて知った。その様子があまりにかわいくて、ついつい何度もやっちゃった話はどうでもいいとして、とにかく全然暑くならない。もともと北国の夏というのは博打《ばくち》と一緒で、「暑けいる。りゃ大当たり」「寒けりゃハズレ」「そしてたいていハズレる」ことになってはいるが、それにしてもこれはあんまりだろう。

私は大変控え目な人間だ。ここをハワイにしろとか、日本一暑い町にしてTシャツ作れとか、そういう無茶は言わない。せめて半袖《はんそで》の服を着て街を歩きたいとか、人と会ったら「暑いねー」と時候の挨拶《あいさつ》をかわしたいとか、部屋の電気ストーブをいい加減片づけたいとか、そんなささやかな庶民の祈りにも似た願いを抱いているだけだ。

でも、今年はそれがなかなか叶《かな》わないのである。叶わないまま時が流れ、季節の行事だけが着々と消化されてゆく。海開きがあって、花火大会もあって、ビアガーデンが開設される。寒いのに。結果として海岸では唇を青くした人々が焚火《たきび》燃やして、花火大会では近くのコンビニのおでんが売り切れて、ビアガーデンではビール売り場よりトイレの列の方が長くなることになる。寒いから。

私の友人は何年か前の寒い夏、毛布持参でビアガーデンに行き、それにくるまり震えながら気合いでビール呑《の》んだと言っていた。周りに笑われるかと思ったら、羨《うらや》ましがられたと言っていた。でも呑《の》んでるうちに、楽しいか楽しくないかわからなくなったとも言っていた。なんという物悲しい風景か。賭《か》けてもいいけど、悲しみの度合いにおいては、冬のマイナス10℃より夏の20℃の方が圧倒的である。

おかげであまり外に出る気もしない。中学生の頃、「夏は開放的になり、外出が増え、それが非行への入り口となりがちです」と、毎年毎年夏休み前のプリントに呪文《じゅもん》のように書いてあったが、あれは嘘だった。夏が人を解放するのではない。暑さが人を解放するのだ。

それにしても、私の通っていた中学は市内でも指折りの逆エリート校で、「マスク禁止（内側にシンナー仕込むから）」とか「夏期ブレザー着用禁止（袖口にシンナー仕込むから。冬は大目にみるということか？）」などという、実に昭和的お触れが出ていたほどであるのに、一体夏の解放感ごときに何を怯《おび》えていたのか。外で夜明かしすればほぼ死ぬであろう冬に対し、一晩中ほっつき歩いてても活発なカツアゲ等の活動が可能という意味での脅威であろうか。そういや、夏はみんな薄着だからちょっと殴っただけでも痛くてすぐにお金出すよ特に腹、ってとなりのクラスのI君が言ってたのも今思い出したし。そのI君、三十代半ばになってもシンナーやめられなくて、奥さんに逃げられて、まだ幼い子供二人を抱いたまま布団の中で心臓発作で死んでるところを見つかったって話も同時に思い出したし。でも本当かなあ。本当だとしたら奥さん何で子供置いていっちゃったのかなあ、というよりそもそも何であんな前歯ズラリと溶けちゃってるような男と結婚したかなあ、やっぱ嘘っぽいよなあ、という他人の事情は措《お》いといて、実際こう寒いとどこで何をどう解放していいのか、平成の青少年諸君も戸惑うだろう。私も戸惑う。大人だが。それで家でドラクエばっかしてる。あの世界は気候が安定していていいなあ。宝箱もたくさんあるし。

今日も雨の日曜で、なんというか粛々とうすら寒い。それでもなけなしの夏気分を振り絞ってTシャツ一枚でビール呑んだら案の定すぐに寒くなって小さいストーブつけたら今度はさすがに暑くて窓を開けたら当たり前だが雨が大量に吹き込んできて仰天した。もう判断力すらなくなっている。いつだったかの暑い夏、窓を全開にしてうとうと昼寝をしていたら、外から近所のおばさん二人が語る自分の悪口が聞こえてきたことがある。そんなムカつきさえも今年は懐かしい。

ちょっぴりおセンチな気持ちになって窓辺に立つと、道路一本向こうの家のガレージでバーベキューをしている家族が見えた。ガレージの中で一家五人、ウィンドブレーカーやカッパを着こんで肉を焼いている。何が何でも今日、夏を味わわねばならない事情があったのだろうが、しかしなぜにそうまでして。

彼らの勇気に対し、尊敬すべきか呆《あき》れるべきか迷っているうちに、雨が激しくなった。全員が手を止めて空を見上げる。一番小さい子が足先を道路に出そうとして、母親に引き戻された。一歩たりとも外には出られないという、解放感を追い求めた末に行きつく見事な閉塞《へいそく》感。見ているだけで胸が切なくなるような、今のところそんな北国の夏である。あーあ。

さようなら、恋

終わってしまった。夏。

これ書いてる今はまだ八月だが、さっき天気予報で「明日の朝は冷え込むでしょう」と言っているのを耳にした。冷え込まれたか。とうとう冷え込まれたか。冷え込まれてはもうダメだ。もうこれで完全に終わってしまった、夏。まだ恋もしていないのに。

いや、だからこの夏、私は恋をするはずだったのだ。恋をして、男に溺《おぼ》れて、ドロドロになって、すべてを失うはずだったのだ。そう予言されていた。予言したのはタクシーの運転手さん。笑ってはいけない。彼は客の姿を見ただけで「カップルならば夫婦か不倫かただの友達か、一人客なら独身か既婚か子供がいるかいないか、果ては悩みの有無や種類までピタリとわかる」と豪語するツワモノで、同僚からは「男細木数子」と呼ばれているほどの人である。今の時代、改めて「細木数子」を持ってこられても困るといえば困るが、「すべてが見える」というのだから、これは相当だろう。その彼に私は予言されていたのだ。夏、あなたは恋をする、と。

「こ、恋っ！　相手は誰ですか!!」

飲み会帰りの酔いも覚める勢いで、前のめりに尋ねる私。いきなり相手を特定しようとする即物的かつ野獣的行動はどうかと思うが、心当たりというものが一切ないのだから仕方ない。なにしろ一番最近話した男の人はガソリンスタンドの店員さんで、「バンパーにでっかい虫が貼りついて死んでますよー。見ます？」「見ません」というのが、その際に交わした唯一マニュアル外の会話だ。店員さんの前はピシャリ君。ピシャリ君は女好きと見栄っ張りが高じて借金がかさんだあげく、親戚の法事で泥酔、「俺はエッチが好きだ。どれくらい好きかというと嫁さんとでも出来るくらい好きだ。これがその証拠」と、隅で寝ていた息子を指差し、翌々日の朝、離婚届をピシャリと差し出されたという生粋のバカである。そいつに共通の知り合いの連絡先を訊《き》かれて教えた。それだけ。直近の異性関係がそれだけ。

そんな私が恋をすると、男数子は言うのである。無から有を生み出すような、実に壮大な話に心が震える。しかも季節は夏。去年の夏は一人でビアガーデンでジンギスカン焼いて、自分でも何かこう「着地した」感があったが、今年の夏は再び離陸、あははうふふと笑いながら二人で砂浜を走ることになるかもしれないのだ。そりゃ野獣的にもなろう。

「誰なんですかってば！」

逸《はや》る私に対し、しかし男数子はあくまで冷静だ。ミラー越しにこちらを霊能力者のまなざしでじっと見つめ、小さくため息までついてみせる。

「まあ、相手まではわかんないけどさ。でも、のめり込むね。近いうちにその男にのめり込んで、お客さん、ドロドロになるよ」

「うへよー！」

思わず韓国人のような叫び声（知らないけど）をあげる私。無から有を生み出すだけではなくドロドロまで発生させるとは、それは果たして恋なのか？　新手の地殻変動か何かじゃないのか？

「ま、間違いないですか」

「間違いない。安心して」

安心しましたね、私は。男数子の言葉に、全力で安心して恋を待った。夏の間、来る日も来る日も、おもにドラクエをしながら待った。

いや、誤解のないように言っておくと、どうせもうすぐドロドロになるんだと思うと、人というのは仕事なんかしていられないものなのですよ。当然、徐々にいろいろなことが滞ってくるのだが、しかしやはり来るべきドロドロを思うと、のんきに働いている場合ではないという気になる。

なんせドロドロなのである。あはは、うふふと砂浜を走った後、何か抜き差しならなくなって、押したり引いたり怒鳴ったり怒鳴られたり泣いたり泣かれたりするのである。「妻とは別れる」「嘘ばっかり」「嘘じゃないって」「じゃあ何よ、このネクタイ！奥さんからのプレゼントだってあたし知ってるのよ！」ということにもなって（参考台詞・二十年くらい前の二時間ドラマ）、でも結局ほだされて、なけなしの貯金貢いだあげく親の年金持ち逃げして駆け落ちして、しかし所詮《しょせん》は無宿者の身、すぐに生活は行き詰まり、先の見えない日々に苛立《いらだ》ちが募ったある夜、ふと目にした相手の荷物の中から例のネクタイが……。「ひどい！　そんなに奥さんが忘れられないなら、いっそのこととこれで！」。言うが早いかネクタイを相手の首に巻きつけて力の限り……って、もう考えただけで息が切れるのである。

それでも私は男数子の言葉を信じ、予言から目をそらさなかった。息を切らせつつ半日がかりで問題のネクタイの柄まで考えていた。考えていたというのに。

ついに冷え込まれてしまったのだ。実にあっけなく私の夏は終わった。恋もせず、ドロドロもなかった。残ったのは異様にプレイ時間の長いドラクエと、妙に散らかった部屋と、たまった仕事と、周囲の冷たい目。ものすごく大人なのに、さっき母親に「ゲームは時間を決めてやりなさい」って叱られたし。

まあそれはそれでもっともだが、しかし私は訴えたい。ただダラダラと怠けていたように見える私の夏は、実は約束された恋を待つ夏だったのだと。そこには人生の深淵《しんえん》と浪漫《ろまん》が潜んでいたのだと。だから私は決して後悔していないのだと。だが男数子よ、あんたもそろそろいい加減にせえよと。

体脂肪と私

８：00　起床。体脂肪率42％。また増えている。かつて36％からスタートした私の体脂肪率は、細かい上下動を繰り返しつつ、最近は40％あたりで安定していた。しかしここにきて新たな最大瞬間体脂肪率を叩《たた》きだしたということは、ここから再び上下動を繰り返しつつ、やがてはこの高値が通常値になるということだ。同じことを36％の頃から繰り返しているのだから、間違いはない。それにしても36％。そんな時代が私にもあった。普通の人にとっては信じられないような高値であろうが、今の私にとっても別の意味で手が届かない。ずいぶん遠くへ来てしまった。

８：30　朝食。メニューはご飯と味噌《みそ》汁と焼き魚と納豆。このメニューでなぜ太るのだと尋ねる人がたまにいるが、実は私は見た目としては太ってはいない。しかしその見た目と中身のギャップが、よりいっそうの不健康感・不自然感を醸し出すことも否めない。小さな身体に大きな脂肪。言葉にするとまるで青雲の志のようで勇ましいが、本人としては覚めない悪い夢をみているようだ。改善策として、知人から散歩を勧められた。有酸素運動が体脂肪率を減らすには一番だという。わからない。なぜ飲酒や昼寝といった愉快なものではなく、そんなしち面倒くさいものが一番なのか。

10：50　仕方なく散歩に出る。

10：52　飽きる。そもそも私は目的もなく歩くことを好まない性質である。では目的のある時はどうかというと、その場合は車に乗る。徒歩五分のコンビニにも車で行く。三分でもそうすると思う。目的達成のためには手段を選ばない冷徹さを持った人間と思ってもらって構わない。

10：53　なんとか気を取り直して散歩を続ける。散歩の効能は体脂肪削減以外にも様々あり、その一つが無心になれることだと知人は言う。無心になって本当の自分を知る。たとえ近所であっても、見知らぬ裏道を見つけたり、隠れ家的なカフェが現れたり、お屋敷の庭の花に目を奪われたり、そんな新鮮な驚きを感じているうちに雑念が消え、やがて自分が本当に求めるものが見えてくるのだそうだ。

そういうものかと周りを見回すも、しかし残念ながら見知らぬ裏道などどこにもない。カフェのかわりに現れるのは、不思議なほど頻繁に借り主がかわる一軒家くらいで、その見事なかわりっぷりの原因は「大家がうるさい」か「夜毎何かでる」かどちらかだろうと踏んで、今、妹と賭《か》けをしている。ちなみに私は「大家がうるさい」派。ふだん佐藤浩市がとなりに越してきた時のことを妄想して半日つぶしたりしているわりには、金が絡むと案外現実的であると見直してくれていい。

また、庭のある家は多いがお屋敷とはいえず、季節的にも花は乏しい。私の嫌いな紫陽花《あじさい》が、まさにその嫌いな理由「散りもせず、しぼみもせず、ただどす茶色く変色している」という風情で淀《よど》んでいるのを見ると、よけい気分が沈む。あれは本当に美しくない。前々から考えていたのだが、紫陽花を全面的に禁止、かわりに私の大好きなとうきびを植えて、そのうちの何割かを必ず私に朝貢するという制度を力ずくでも制定すれば、私の人生はもっと素晴らしいものになるだろう。ああ、心の底から独裁者になりたい。

11：10　求めるものが明らかになったところで、今度は出会いを探す。思いがけない出会いもまた散歩の効用の一つだと、知人に言われたからだ。とはいえ、昼前の住宅街に人影などほぼ皆無。たまにすれ違うのは小さな子供を連れて公園へ向かう若いお母さんか、手押し車を押したおばあさんばかりで、とりたてて出会う必要性を感じない。しかも、この人たちのほとんどは私より体脂肪が少ないのだと思うと、気持ちの奥底にどす黒いものが激しく湧きあがってくる。泥炭を粉砂糖でコーティングするように、その感情を便宜上「恋」と名付けてみるも、平安は訪れない。

11：17　ムカムカしつつも、次は季節を味わうことにする。それもまた散歩の効用の一つなのだそうだ。しかし季節といっても、これから苦手な冬に向かうばかりで、気分が盛り上がろうはずもない。トンボが親の仇《かたき》のように飛んだり、ナナカマドの実が赤くなったりしているのを、「温暖化上等！」と全世界の環境団体を敵に回すくらいの好戦的気持ちで眺める。

11：20　どうも気持ちが荒れてきたような気がする。心なしか足も痛く、息もあがっている。いつのまにか三十分も歩き続けており、自分がこれからどうなるか不安になってくる。お腹もへった。行き倒れるかもしれない。どうしてこんなことになってしまったのか。いや、もちろん体脂肪のせいなのだが、ああ、それにしても体脂肪。思えば三年ほど前、体重計を新調したのがすべての始まりだった。それ以前の私に体脂肪率などというものはなかったのだ。五百年前の人に体脂肪率がなかったように、私にもなかった。見えないものは存在しないのである。よろよろ歩きながら、「見つけてしまった」時代に生まれた不幸を呪う。なんとかならないものか。

11：21「体重計を見ない」という天啓を受ける。

11：30　目の前の霧が晴れたような思いに襲われる。そうだそうだ、すべてを「なかった」時代に戻そう。みるみる明るい気持ちになって顔を上げると、あら不思議、全然そんなつもりはなかったのにちょうど開店時間の回転寿司《ずし》屋の前ではないですか。寿司四皿と生ビール二杯。体脂肪率の存在しない世界を寿《ことほ》ぐ。

平穏への道

平穏への道は遠い。

最初の関門はタクシーだ。深夜飲み屋を出てタクシーを拾う。後部座席に乗り込みながら、注意深く行き先を告げる。注意深さを心がけるのは、シラフを装うためだ。私は自他共に認める酒呑《の》みであるが、だからこそシラフであることの正しさを誰よりも認識しているといっていい。シラフは大事だ。シラフか否かによって、あらゆる場所であらゆる人の態度が全然違う。私はかつて酒屋のおばちゃんにまで昼酒を意見された過去を持つ。たとえどんなにわざとらしく見えようとも、シラフの主張だけは怠ってはいけないのだ。

無事行き先を告げた後は、ほとんどの場合、襲いくる眠気と闘うことになる。なぜ冬の深夜タクシーの中はあれほど眠いのか。いずれ原因を究明したいところだが、とりあえず今は眠っては負けだ。懸命に目を開け、ラジオに耳を傾け、時には積極的に声を出したい。「つきあたりを左にお願いします！」その際、「お客さん、左に行ったら川に落ちるわ」などと冷静に指摘されたとしても、シラフを装い続ける覚悟が必要だ。

支払いにも当然気を遣う。慌てて財布を探したり、小銭を落としたりするのは言語道断。乗ると同時に財布を準備するくらいの気概で、できれば領収書などももらっておきたい。ただそれに関しては「ろーすーそください」と一気に馬脚を露《あら》わす危険性もはらんでおり、降車ぎりぎりでの判断が必要になってくる。

なんとか無傷でタクシーを降りる。しかしホッとするのはまだ早い。次に挑むのは自宅の外階段だ。一階が店舗、二階が自宅という我が家にとって、この階段は必ず通らねばならぬ険しい道である。急勾配《こうばい》、そして踊り場などが一切設けられていない究極の直線フォルムは、見る者の恐怖心を煽《あお》る視覚的効果を存分に演出している。また実績も十分で、過去二十五年の間に都合三人の人間を転げ落とし、うち一名（私です）を救急車で病院送りにした。その階段を一段一段慎重に上る。シラフを装っても本当は酔っぱらいなので、注意してし過ぎるということはない。自分を決して信用しないこと。それが階段突破のための唯一の鉄則である。

階段を上りきるとようやく家の玄関にたどり着く。ここでの最重要事項は、締め出されないこと。ただそれだけだと思ってもらって構わない。一度眠りについた両親はめったなことでは目を覚まさない。昔、トイレのガラスを割って入ろうとしたら、近所のオヤジに怒鳴りこまれたことがある。「人騒がせな!!」と、まあそれは本当にそのとおりだが、呼び鈴鳴らそうが電話かけようがグッスリ眠っている人間相手に、それでは一体どうすればよかったのか、という問いに対する答えはまだ出ていない。

無事に家に入ったとしても、まだ安心はできない。次なる関門は行き倒れである。家に帰りついた安心感からか、帽子を被《かぶ》り、上着を身につけ、マフラーを巻いて、鞄《かばん》を肩から下げたまま、茶の間だろうが台所だろうがどこでも眠ってしまう行き倒れ。これを防がなければならない。全身ゴキゴキになりながら床で目覚め、なぜもう二歩進んで寝床までたどり着けなかったかと絶望するようでは、今までの苦労がすべて台無しだからだ。そこで着替えるまでは絶対に腰を下ろさない、というルールを自分に課すこととなる。腰を下ろさず、ひたすら衣服を脱ぐ。徹底的に脱ぐ。そのことにまず力を集中したい。

しかし、順調に脱いだら脱いだで、また新たな問題が発生するのが世の常である。入浴。家人のわかした風呂などが準備されている場合、せっかくだからと入浴したくなるのが人情というものであろう。飲酒後の風呂が身体によくないことは重々知っている。がしかし。ちょっとだけなら。ザブンと。せっかく服も脱いだんだし。そう思って入浴を決意した後にやってくるのが、読書の罠《わな》だ。シラフを演じ続けたせいであろうか、いつものように風呂読書が可能な気がするのだが、もちろんそれは気のせいであり、結果としてうとうと居眠りをしたあげく湯船に本を取り落とすことになる。それは避けたい。紙は束になっても浮くという事実を目の当たりにしたからといって、とりたてて人生が豊かになるわけではないのだ。

さて、風呂読書の罠をうまく切り抜けたところで、いよいよ次は最終関門である。パンツ。二か月ほど前から脱衣所のタオル掛けになぜか父の馬車柄のトランクスが一枚掛けてあるのだ。意図も使用方法もまったくもって不明だが、何度かうっかりそれで顔を拭《ふ》きそうになって悲鳴をあげた。シラフの時でさえ湯上がりはぼんやりしがちなのだから、ここは最後の踏ん張りとして声出し確認の一つも敢行しておきたいところである。「パンツ注意!」。それにしても馬車というのは男性下着の柄としてはメジャーなものなのかどうか。

パンツ危機を回避すると、ようやくこの長き道程も終わりが見えてくる。思えば実に多くの関門が私の前に立ちふさがり、そしてよくそれをたった一人でクリアしたものだ。

タクシー、階段、玄関、行き倒れ、風呂、パンツ。

今こうして無傷でここに立っているのが不思議な気さえする。だが、もう大丈夫だ。やりきった。私はやりきったのだ。

大きな達成感に身をゆだねつつ、私は台所へ向かう。無事を寿《ことほ》ぎ、日課となっている「ヤクルト400」を飲み干すためだ。これがなければ一日は本当の意味では終わらない。油断はなかったと思う。冷蔵庫を開け、最上段に手を伸ばし、いつものようにあの小さなプラスチック容器をしっかりと手に取った……はずが、なぜかあっと思う間もなく落下。左足の薬指を直撃し、あたりどころが悪かったというか、ヤクルトが800くらいになっていたというか、そもそも「ヤクルト400」の「400」って何なのよというか、いやとにかく痛いの痛くないのってだから痛いのだけれど、やがて時間とともにじんわりと腫《は》れてきた患部は、翌日の何気ない正座で再び「パキッ」という嫌な音をたてるやいなやさらなる痛みを引き起こし、

「先生、どうでしょう」

「骨にヒビが入ってますね」

「ええ？　で、でもヤクルトですよ！」

「ヤクルトでもヒビですね」

という信じがたい結末を招いたのだった。

私は多くを望んだわけではない。ただ平穏に一日を終えたかったのだ。しかしその道のなんと険しく遠いことか。タクシーからパンツまでを乗り越えたあげくの伏兵ヤクルト。忘れてはいけない。我々の行く手には、今日もあまたの壁が聳《そび》え立っているのだ。

ある一日

その日のことを、なるべく詳細かつ正直に思い出してみたい。

七時に起床した私は、まず、朝食にご飯と味噌《みそ》汁と昨夜の残りの煮物と昨夜の残りの刺し身と賞味期限の三日ほど過ぎている納豆を食べた。献立に関して様々意見はあろうし、そんなに残るほどの夕飯を作るのはどうかというむきもあろうが、今はそれを論じている場合ではない。論じるべきは骨である。食事が半ばを過ぎた頃、刺し身のサーモン、すなわち鮭の身に潜んでいた骨が喉を突き刺したのだ。

あっと思った時には、既に遅かった。何をどう飲み込んでもやはり痛い。私は箸を止め、しばし虚空を睨《にら》んだ。そして三時間ほど睨み続けたところで、満を持して耳鼻《じび》咽喉科《いんこうか》への受診を決めた。三時間の時を要したのは、拙速に医者へ走ったあげく「いやもう骨取れてるわ、もう少し様子見ればいかったね、はい三千円」という屈辱的な展開を避けるためである。病院とは不思議なところで、そういった事例をまま見聞きする。医者の前に出た途端、熱は下がり、痛みはとれ、血圧まで正常値に戻る人が確かに存在するのだ。それだけは避けたい。

大変寒い日であった。受診に向かうにあたっては、一番暖かい防寒着を着用し、母親から手袋を借りた。自分の手袋は去年酔ってどこかに置き忘れてきたからである。自分で言うのも何だが、酔っ払いというのは本当にたちが悪い。

耳鼻咽喉科には二十分ほどで到着した。問診表を書かされ(二)、と同時に看護師から口頭での説明を求められる。

「骨が喉に？」

「はい」

「何の？」

「さ、鮭の……」

「鮭の？」

「刺し身……」

「プ」

最後の「プ」というのは隣に座っていた見知らぬ爺《じい》さんが発した笑い声であり、その非礼は抗議に値するものだが、しかし私は彼を無視せざるを得なかった。なぜか。

新たに発生した別の重大問題に心奪われていたからである。何か。急激な喉の痛みの緩和である。

いや、だからなんか治ってきちゃってたのだ、喉が。

三時間もの余裕をもち、何度も自分自身に「まだ痛いか」「痛い」「まだ刺さっているか」「確かに刺さっている」と尋ねたあげくの受診であったというのに、まさかのスピード快癒。このままでは、例のあの台詞が待っているのではないかという私の懸念は、やがて診察室で現実となった。今にも宇宙に飛び出しそうな大仰な診察椅子に座らされ、さらに長大なクネクネ棒を鼻に挿入された後、医者はあっさりこう告げたのである。

「いやもう骨取れてるわ、もう少し様子見ればいかったね、はい三千六百三十円」

悲しいほどに予想通りというか、診療費に至っては予想より高くてなお悲しいというか、とにかく屈辱にまみれたまま支払いを済ませ（二）、徒歩数分の薬局へ寄って化膿《かのう》止めを受け取った（三）。歩きながら考えたのは鼻のことである。喉であるのに、なぜ鼻か。そういえば以前、耳の不調で診察を受けた際も、耳が変だといっているのに、ありえない長さの金属棒を鼻に挿入された。耳なのに鼻。耳鼻咽喉科の、この何でも鼻を経由する体質はいかがなものか。否、耳鼻咽喉科だけではない。昨今では胃カメラも鼻を経由するという。すべての科が着々と鼻に乗っ取られつつあるのだ。

鼻の野望に背筋を冷たくしながら、薬局を出て渋々スーパーへ向かった。賞味期限の切れていない納豆とガムテープを買う。私は買い物という行為を個人的に好もしく思ってはいない。なぜなら「選ぶ」こと自体が非常に苦手であり、電化製品も洋服も家具も日用品もつまりは何から何まで、できれば国家統一規格で一種類に限定してほしいと本気で願う人間であるからだ。

とりわけ去年、車を買い替えてからは、その買い物忌避傾向に拍車がかかった。排気量を選び終えたら車種、車種を選び終えたら内装、内装を選び終えたら色、色を選び終えたらオプション、いやもうとにかく次から次へと現れる選択の嵐をへとへとになりながら切り抜けたところに、世界中の善意を集めたような笑顔で、

「今回特別サービスでナンバーもお好きな番号をお選びいただけます！」

と追い討ちをかけられた傷が癒《い》えていないせいだ。いいんだよ……ナンバーなんてお上から割り当てられたものをありがたく押し頂くだけだよ……と口に出す気力すらなく、もちろん自分で選ぶことなどできず、結局、友達に選んでもらった。本当に疲れた。以来、何一つ選びたくない。この日も目についた中粒納豆とガムテープを漫然とカゴに入れ(四)、そそくさと買い物を終えた。

逃げるように外へ出て(五)、クリーニング店を目指す。セーターを預けるためだが、そこでは用紙に名前と連絡先を記すよう求められた(六)。私の横では、夫のものと思《おぼ》しきスーツを受け取る美しい若妻が、店員さんから一枚の名刺を手渡されていた。「これ、上着のポケットに入ってました」「あら、すみません。ありがとうございます」。笑顔でお礼をいう若妻のあまりの感じのよさに、ああ私も今度生まれてきた時は魚の骨を喉に刺して鼻から棒を挿し入れられる中年女ではなく、こういう可憐《かれん》な若妻になってみたい、そして夫のためにスーツをクリーニングに出し、ポケットの名刺を手渡され、あら鱒夫さんたらうっかりものねとふと見れば、しかしそこには『スナックまゆみ』『また来てねあいら』などの文字が印刷されており、目にした私はたちまち言葉を失い、思えば二か月ほど前突然の泊まり込み仕事といって家に帰らなかったことがあったけれども、あの夜に何かあったのかしら、それとも同僚の穴子さんと出かけた日? 穴子さんは嘘をつくような人じゃないけれど、でもやっぱり彼も男、鱒夫さんとグルになっているのかしら、陰で私を笑っているのかしら、と俯《うつむ》いた視線の先に見えるのは結婚指輪。その鈍い光に、ああ幸せなんてなんて脆《もろ》いんでしょうと、思わず涙をはらりと落とすと、あら不思議、その涙が次々真珠に。これはきっと離婚後の生活の足しにと神様が下さったのね、私たちは別れる運命なのね、悲しいけれどさようなら鱒夫さん……といったことを夢中で考えているうちに当の若妻はいつしか姿を消しており、気がつけば何か不安げな眼差《まなざ》しの店員さんと二人、カウンター越しに向かい合っているのだった。

外へでると（七）、雪はやんでいた。疲労と空腹を感じた私は昼食をとるべく目についたうどん屋に入り（八）、月見うどんを注文した。メニューを開いた時には、その選択肢の多さに気が遠くなりかけたが、「迷った時は最初に目についたもの」という長年の経験に則《のっと》って事なきを得た。運ばれてきた月見うどんは喉の傷にしみたので、傷を刺激しないよう、あるいは麵《めん》のどこかに隠れているかもしれない骨を喉に刺したりしないようにゆっくり時間をかけて食し、それから家に帰った（九）。

以上のことから導き出される結論としては、

一、手袋の着脱機会は計九回であること。
二、だからといってどの時点で手袋を失くしたかは不明であること。
三、手袋は両方いっぺんに失くすとわりと気づかないこと。
などであるが、穴子さんの腹黒疑惑も忘れてはならないと思う。

テレビクライシス

日に日に後に引けなくなっている感じがする。

最初に失われたのは音だった。自室のテレビのスイッチを入れたところ、音がきれいさっぱり消えてしまっていたのだ。映像に問題はない、色も形も正常だ。ただ音だけが消えている。

初め異変には気づかなかった。何かの操作ミスかと思った。それでリモコンをとり、音量ボタンを押した。画面の中には無言の黒柳徹子。もう一度押す。徹子無言。三たび押す。無言。意地になって押し続ける。と突然、耳をつんざくような大音声で「それでどうなさったの、あなた」って、どうもこうも急に大きな声を出すからびっくりして飛び上がったではないですか。

とにかく以来、電源を入れた最初の数分間だけテレビは無音状態に陥るようになったのである。だが、それを故障と呼べるかどうかは微妙であった。なにしろ最初だけである。電源を入れた最初の数分だけ音が途切れる。ちょっと接触が悪いのかな、と思えないこともない。「接触が悪い」というのは実に便利な言葉で、何と何とが接触しているのか知らないまま、人をそれなりに納得させてしまう力を持つ。もちろん私も納得した。なるほど、接触か。ならば悪い接触もいつかよくなることがあるだろう。大人になって改心し、よい接触となって孫の顔など見せに現れる日がこないとも限らない。人もテレビも変わるのである。

そんな私の楽観論を嘲笑《あざわら》うかのように、しかし事態は悪化していった。無音時間は徐々に長くなり、気がついた時にはそれは十五分もの長きにわたるようになっていた。つまり一時間番組を見ようとテレビをつけると、そのうちの四分の一が音声なしということである。四分の一。刑事ドラマであったら、殺人事件が起きて、被害者の身元が特定されて、彼のマンションから不審なメモが発見されて、それを手にした主人公が驚いたような表情で同僚に言う。「……」。すると相手もこれまた驚愕《きょうがく》の表情で「……」、そこへ事件を知った友人がやってきて「……」と結構なところまで話は進み、しかし肝心の台詞は聞こえないのである。

さらには、電源関係にも問題が生じるようになった。スイッチを入れると、なぜかひとりでにそれが切れるのである。電源ボタンを押す。切れる。再び押す。一拍置いて切れる。三たび押す。ややあって切れる。というようなことを数回から数十回繰り返さなければならなくなった。電源が入っている間、真っ暗な画面には幾筋かの光が走り、「ばっぶ……ぼぼぼぼ……ばぶーぼぼぼ」と、ところどころイクラちゃんが混線したような雑音が発せられる。その時間はまちまちだが、基本的には回を重ねるごとに少しずつ長くなり、やがて何かをぶっ切ったかのごとく突如画像は鮮明に、イクラちゃんも消え、次いで無音の十五分が始まるのである。結果として、正常なテレビ視聴まで毎回二十分ほどの時間を要することとなった。

二十分。それははたして故障なのか、という話である。いや故障といえば故障だろうが、正式な故障なのか。先日、炊飯器が突然「ピー」という電子音とともに稼働を中止した時は、小窓に「E09」というエラーメッセージが表示された。慌てて説明書を開くと『E09＝故障です』と突き放すような記述があり、それはそれで忌々《いまいま》しいが、メーカーも認める正式な故障であることに疑いの余地はない。しかし、テレビの場合は映るのだ。二十分、努力と辛抱を重ねれば、以降は何の問題もなく映る。彼、というのはテレビのことであるが、その壊れてるようなそうでもないような微妙な彼の扱いに、私はしばし悩んだ。彼とどう接するべきか。修理という手は考えなかった。購入から既に二十年近くたっており、寿命と判断されるのはわかりきっていたからだ。ならば買い換えるか。だがテレビは茶の間にもある。必要ならばそれを見ればいい。第一、茶の間のテレビの方が大きくて画像もきれいでチャンネルも多いのだ。では捨てるか。あちこちでよく目にする、「故障を機にテレビを処分しました。最初は手持ち無沙汰《ぶさた》でしたが、やがて読書の量が増え、季節を楽しむ余裕ができ、病気が治り、宝くじで一千万円当たりました」という毎日もありなのではないか。

私は迷い、しかし結局のところ何もしなかった。彼にはこれまで一生懸命働いてもらった分、せめて老後は私の部屋でのんびりと仕事に取り組んでほしい、そう思ったからである。

ところが、問題はそれほど単純ではなかった。私が彼の余生を受け入れて間もなく、彼の視聴準備時間はさらに延びて三十分を超えた。一度電源を切ったが最後、次回視聴の際には再び三十分のウォーミングアップを要する体になったということである。その事実は重かった。「今切ったら、またあの三十分」。リモコンを手にするたびに湧きあがる暗い思いは、私を徐々に電源を切るという行為自体から遠ざけた。できれば二度と電源ボタンを押したくない。拒否感は日増しに強くなり、やがて一つの決意を生んだ。

「もうスイッチは切らない」

十日前のことである。

以来、二十四時間×十日、外出中も睡眠中もテレビは常に稼働し続けている。不眠不休で働く彼を見ていると、申し訳ないようないたたまれないような気持ちになる。このまま息絶えたらどうしようかと心配になる。あるいは突然発火するんじゃないかとも思う。

しかしだからこそ、私は怖くて電源ボタンに触ることができない。不眠不休期間が長引けば長引くほど、次に電源を落とした時が最期になるような気がするからだ。彼を休ませたい、けれども自らの手で息の根を止めたくはない、それにつけても電気代はどうなのか。

数々の矛盾と懸念に怯《おび》えながら、日に日に後に引けなくなっているのである。

出てこない問題

新雪の中に落とした小銭はなぜ出てこないのか、という問題が広く北国にはある。この場合の「出てこない」は二種類、つまり一つは「落下時に雪の中に潜り込んでしまった硬貨を手探りで見つけ出すことはほぼ不可能」という短期的、もう一つは「そうして潜り込んだまま冬を越したはずの硬貨が春になって同じ場所から出現したためしがない」という長期的意味の両方を内包している。

前者についてはそれほど語るべきことはない。雪、とりわけ寒冷地の新雪というのは乙女の恋心のごとく淡いものであり、落下の衝撃で舞い上がったそれがたちまちのうちに硬貨の姿を隠すことは、十分に納得がいく。実際目にするとわかるが、雪に吸い込まれていく硬貨のスピードにはすべてを諦《あきら》めるに足る迫力がある。擬態語を用いて表現すると、しゅってなってぱってなってひゅ、だ。「しゅっ」で硬貨が猛スピードで雪に沈み、「ぱっ」の瞬間に雪煙が舞い上がり、「ひゅ」と音を立てるようにして舞い上がった雪が落下地点を隠すのだ。人智の及ばぬ落下の様子と、擬態語で表現したからといって何一つ理解が深まるわけではないという事実が、おわかりいただけるかと思う。

そうして人は雪の中に身を沈めた硬貨を諦める。諦めるが、だからといって硬貨自体が消えたわけではないところに、この「出てこない問題」の根深さはある。なにしろ硬貨は存在しているのだ。目に見えないだけで確実に雪の下にあり、自分はそれを知っている。ならばどうするか。春を待とう、と考えるのが人情であろう。春になれば雪はとけ、再び硬貨は我々の前に姿を現す。「あの植え込みの下あたりに私の五百円硬貨が眠っている」、そう胸を高鳴らせながら指折り数えて春を待つのは、理論的にも情緒的にも正しい態度だと私は考える。

が、しかし前述したように、なぜかこれが出てこないのである。絶対といっていいほど出てこない。私に関していえば、この不条理に気づいて以来数十年、冬に落とした小銭と春に再び相まみえたことは一度たりともない。深夜、酔っ払ってタクシーを降りた拍子に釣り銭をばら撒《ま》くことがしばしばあるが、その時、雪の中深くに潜り込んだ小銭の春になっても出てこない様のなんと見事なことか。

この件について、私は今まで様々な可能性を検討してきた。世界にこれほど「新雪の中に落とした小銭」のことに思いを致している人間は、おそらく他にはいないのではないかと思う。

雪かき説、除雪車説、忠犬説。

あるはずの物が消えるという超常現象から世界を守るべく、私はひとり考え続けてきた。

最有力は雪かき説であった。雪かきの際に雪と一緒に硬貨をはね除《の》けてしまうと仮定するその説は、しかし我が家の融雪機使用の事実をもって却下された。融雪機に投入された雪は熱によってとかされ、万が一異物が混入した場合はすぐに目視できる仕組みになっているのだ。長い雪かき生活、そこに硬貨の姿を認めたことは誓ってない。

除雪車説も同様で、あれは一見遠くまで雪を運ぶように思われるが、除雪車に関する市民の不満第一位「家の前にどっさり重い雪を置いていきやがる」が示すように、実は道路の中央部分の雪を端に寄せるだけである。端に寄せられた雪はやはり人力によって融雪機に投入され、目視が可能となる。もちろん硬貨を見たことはない。

では忠犬説はどうか。貧しい飼い主のために夜な夜な小銭を求めて街をさまよう犬……と、これはもうこうして書いてる端からダメだと確信するのである。

毎年冬になると謎解きを決意し、だが結局は答えにたどり着けない、そんなことが長く続いてきた。「今度こそは雪の下から小判がザクザクと」というかすかな期待は毎年裏切られてきた。私は些《いささ》か疲れていたのだと思う。

今年、一つの決意とともに私は春を待った。隣家との境に植わっているライラックの木の下あたり。今冬はそこに幾許《いくばく》かの財産（六十円くらい）が眠っているはずである。冬の間、私は日々その場所を監視し、決して忘れぬよう心に刻みつけた。そうして雪どけとほぼ同時に地面を検《あらた》めたのである。

場所は間違ってはいなかったはずだ。遅すぎず早すぎず、時期としてもベストであったと思う。けれども、やはりそれは現れなかった。空き缶、ビニール袋、何かのチラシの切れ端。落ちているはずの硬貨はどこにもなく、ただゴミだけが散乱していた。珍しいことではない。北国には「新雪の中に落とした小銭はなぜ出てこないのか」という『出てこない問題』と同じく、「なぜ春になると捨てた覚えのないゴミが雪の下から出てくるのか」という『出てくる問題』も存在しているのである。

私はのろのろとそれらを拾い、こうなるのはわかっていたと自分に言い聞かせた。そして今季限りでこの件からは手を引こうと決めた。これだけ長い時間考え続けても答えがでないということは、私の手には負えない何か恐ろしい真実が隠されているに違いないのだ。たとえば地底人がいるとか。

地底人。

何気なく浮かんだその言葉にはっとする。辻褄《つじつま》は合うのだ。もし雪の下に地底人が住んでおり、彼らが冬の間、時折天から降ってくる小銭を用いて何らかの経済活動を行っているとしたら。たとえば、この空き缶。飲んだ覚えも捨てた覚えもないこの缶コーヒーを、地底人が私の落としたお金で購入していたとしたら。そしてそのまま空き缶を放置したとしたら。すべての不思議、あるはずの硬貨が消え、覚えのないゴミが忽然《こつぜん》と現れる事態の辻褄が合うのである。合うのであるが、合うからといってなあ……。

今後、この説をさらに検証すべきか否か。冷たい春の風に吹かれながら、『出てこない問題』の新たな可能性と、揺らぐ引退の決意に小さなため息をついたのである。

それぞれの朝

午前五時半、母親起床。ここ一年ほど、夏も冬も母はこの時間に起きる。幼い頃から身体が弱く、小学校も病気療養のために一年遅れて入学している母だが、古希を目前とした二年ほど前あたりから、なぜか突然頑強になった。それまで入退院を繰り返し、一日外出すると三日は熱を出して寝込むような日々を送っていた人とは俄《にわか》に信じがたい豹変《ひょうへん》ぶりで、いや人生何がどうなるかわからないというか、宇宙人か何かに中身が入れ替わってんじゃないかというか、蠟燭《ろうそく》は燃え尽きる前が一番明るいというか、いずれにせよ今は朝の五時半から全力稼働し、風邪も滅多にひかない。

五時半に起きた母は、まず大声で歌をうたう。本人曰《いわ》く「朝はあまりに体調と気分がよすぎて、ついつい口から出てしまう」そうで、本当にこれはあの病弱だった母親なのかと改めて疑問も湧くが、その歌があまり上手くはない事実からやはり本物だとは思う。母は小学校の合唱祭前日、「後で好きなだけ歌わせてやるから、本番ではもうちょっと小さい声でお願いな」と、担任教師にお願いされたほどのジャイアン的歌唱力の持ち主なのだ。担任教師は本番後、本当にピアノ伴奏をつけて存分に母に歌わせてくれたそうで、母は今でも嬉《うれ》しそうだが、残念ながらその歌唱力は現在、一点の曇りもなく私と妹とそして姪に至るまで脈々と受け継がれている。

歌いながら母は家事に精を出す。なかでも洗濯には、何か特別な思い入れがあるのか、ひときわ熱心に取り組んでいるように見える。いきいきと洗濯機をセットし、終了の合図とともに勢いよく洗濯物を取り出し、それを皺《しわ》一つなく干し並べてゆく。歌のセンスは乏しいが、洗濯のセンスはおそらく人並み以上なのだろう、枕カバーも靴下も自分のパンテー(母は自分の下着はパンテーと称するが、私と父の下着はパンツと呼ぶ。その括《くく》りに何か意味があるのかはわからない)も父のステテコもすべてが秩序だって真っ直ぐ干され、まるで何かの展示品のようだ。

母はそれらを達人の眼差《まなざ》しで満足げに一瞥《いちべつ》すると、再び洗濯機に戻り、今度は雑巾《ぞうきん》を洗い始める。床やドアを拭《ふ》いたただの雑巾だが、必要とあらば漂白もする。白い雑巾は、洗濯機が母の人生に現れる前、つまりは手洗い時代からの母の憧《あこが》れであったのだ。

初めて電気洗濯機を手にいれた時は、だから驚きというよりは嬉しさが先に立ったと母は言う。すべてを本来の色に洗い上げようとする力強さに感激し、また、自動脱水機の威力にも歓喜した。「こ、これはもう既に乾いているのでは？　と試しに干さずに着てみたら、やっぱり間違いなく濡《ぬ》れていた」とも言っていた。まあそりゃそうだろうと思う。

洗濯機導入とともに燃え上がった母の洗濯への熱意。それは、途中、娘の成長と自身の体調不良による十数年のブランクを経ても衰えなかった。今、洗濯人の座を娘から取り戻し、再び洗濯マスターに返り咲いた母は、早朝から歌声とともに洗濯ライフを満喫することとなったのである。合唱祭の後、存分にひとり歌をうたったように、パンツから雑巾までを思うまま洗い、そして干している。

それが母の朝だ。

一方、私はといえばちょうど洗濯が終了した頃に、よろよろと起き出す。母のようにいきなり歌をうたう元気はない。朝食をとりながら、エネルギーあふれる母の話をぼんやり聞くのが日課だ。話の内容はもちろんその日によって違うが、基本的には同じ話を何度も繰り返す。合唱祭の話も脱水機の話もそうだ。

今まで一番多く聞いたのは、おそらく母の父、即ち私の祖父が死んだ時のエピソードで、七人兄妹の末っ子でまだ幼かった母は歳の近い姉と手を繋《つな》ぎ、「父ちゃんを連れて行くなー！」と出棺を阻んだという泣ける話だが、これはもう二万回くらい耳にした。どんなに切ない話でも、二万回聞いたら人は涙などでないのが当たり前というか、実際には三回目くらいからちょっとうんざりしてしまい、「あんたのじいちゃんが死んだ時」と聞こえた瞬間に、「父ちゃんを連れて行くなー！」と下の句を言ってやろうかと思うようになる。

しかし一度、実際にそれをやってみたら、母は大変不機嫌になった。不機嫌な母は怖いというよりいつまでもしつこいので、それが嫌で私は黙って母の話を聞く。聞きながら頷《うなず》く。絶妙のタイミングで相槌《あいづち》さえうつ。いつだったか私のあまりの話の聞かなさに、友人から「上の空五段・生返事八段」の段位を授かったことがあるが、その点に関しては今も日々精進を重ねていると思って間違いはない。母が洗濯の腕を磨くように、私も上の空と生返事の技を鍛えている。

それが私の朝だ。

その頃、父はといえば、たいてい洗面所で顔を洗っている。父の洗顔は朝晩とも我が家で一番長く、あれは一体どこをどう洗っているのか、目玉でもはずしてるんじゃないのか、それにしては濁ってんじゃないかと、ちょっとした話題なのだが、とにかく蛇口をひねり顔を濡らし石鹸《せっけん》をつけそれを洗い流し、そしてタオルで顔を拭く。

「ああ、さっぱりした」と父は言う。

　父は知らないのだ。自分の洗顔が妻と娘の間で話題になっていることも、おのれをさっぱりさせたタオルが実は妻によって洗いあげられた雑巾であることも、事前に「これ、お父さんの？」と妻が娘に確かめた際、娘も上の空と生返事で「うん」と答えただけだったことも。そう、父は何も知らない。

　それが父の朝だ。

おでんの記憶

【一食目】

夕飯におでんの作製を決意する。北国とはいえ汗ばむほどの気候であるが、おでんという食べ物は一度思い立つと、実際に作ってみるまで頭の中からその存在を払拭《ふっしょく》することができないという性質を持つ。思いついたが最後、人は何かに魅入られたようにおでんに突き進むしかない。丁寧に出汁《だし》をとり、タネの下ごしらえをし、汁を濁らせないようにつききりで世話をする。

使用するのは我が家で一番の大鍋《おおなべ》。煮込み料理は大量であればあるほど旨《うま》い、という大鍋信仰がいつ我が国に生まれたのか寡聞にして知らないが、しかし道端の地蔵にただ手を合わせるように、大鍋信仰に対しても私はまた理屈抜きで忠実な徒である。

透き通ったたっぷりの汁に、美しい造形のタネ。人生そのものを肯定するような優しい湯気が私を包む。ひたすら歓喜へと向かう料理、おでん。おおよそ十五人前のそれを、両親と三人で幸福のうちに食す。

【二食目】

煮込み料理を厳として支配するのは、大鍋信仰のみではない。そこには翌日信仰もまた脈々と息づいている。二日目のカレーと並び、人々の心を魅了し続けてきた「翌朝のおでん」。実際おでんは一夜の眠りを経て、成熟の度合いを増している。大根の初々しい白は深みのある茶色へと変化し、頑なだった結び白滝には艶《つや》っぽいほつれが見え隠れしている。世の中には「おでんはご飯のおかずにならない」と主張する一派もあるが、しかし私はその意見には与《くみ》しない。

この完璧な醤油味醂《しょうゆみりん》味を否定するなら、我が国の食卓に白米は不要だ。母と二人、笑顔で朝食を終える。残りはざっと十人前。

【三食目】

現代日本においては一日に三度の食事が一般的となっているが、たとえば夕飯から朝食までの間と朝食から昼食までのそれとでは、時間的な幅が大きく異なる点についてはどうか。どうかと言われても困るだろうが、つまりは「ついさっきもコレ食べたよね」という、理性とはまったく別の場所から湧き上がる思いを昼食の食卓でどう処理すべきか、ということである。

　もちろん今はまだ騒ぐほどの問題ではない。おでんは十分に美味で、私と母はそれを食べた。しかしすべての破綻《はたん》は小さな違和感から始まることもまた事実だ。三食目のおでん。それはまるで凶兆を思わせるように、タネの角がところどころ欠け、汁が濁り始めている。


【四食目】

夕飯のメニューに昨日のおでんを組み込むべきかどうかで悩み、悩んだ自分に衝撃を受ける。一瞬でもおでんを疎ましく思った事実と、まだゆうに八人前はあろうかというのに悩んでどうするという戸惑い。私には意志と自由があると言い聞かせる。おでんを愛するがゆえに今夜もまたおでんを食べる、そう断言できる意志と自由である。

　鍋を火にかける。だがすぐに私は思い知った。事態は新しい局面に突入したのだ。味は染みる染みないの段階を超え、煮詰まる煮詰まらないの段階に入っていた。あんなに優しかった湯気は、今や単なる尖った醤油の香りだ。そして私はその湯気から顔を背ける。たった一日。たった一日でずいぶん遠くまで来てしまった。インド人は、とふと思う。インド人はカレーに飽きないのだろうか。

おでんを見て父が「これま……」と言った。おそらくは「これまだあったのか」と訊《き》きたかったのだろう。私は返事をしなかった。


【五食目】

朝起きると、いつも一緒に朝食をとる母がいない。まさかとは思うが、逃げたのだろうか。六人前のおでんと娘を置いて。


【六食目】

昼になっても母は帰ってこない。仕方なく、おでんを大鍋から小ぶりの鍋に移してみる。見た目の大きさを変えることで多少なりとも「減った」感が醸し出されるのではないかと期待したうえでの作戦だったが、大鍋にあっては既に半分以下となったおでんが小鍋ではほぼ満杯という事態に、逆に「増えた」感が強調されることとなった。

濁り切った汁と、膨れ上がった練り物ばかりのタネを独りもそもそと食べていると、高校時代お弁当のおかずがいつも茶色であったため「Mr.チャー」とあだ名をつけられた同級生のことを思い出した。Mr.チャー。理由はわからないが、今すごく会いたい。

【七食目】

なぜ腐らない。

【八食目】

初日の湧き立つような歓喜は影も形も見えない。食事の時間が近づくのがつらい。思い余ってネットで検索してみると、世の中には意外にも多くの「大量のおでん」に苦悩する人々が存在していることを知った。彼らは皆一様に困惑し、「なぜかまた大量になってしまいました……」と俯《うつむ》き加減で告げていた。自分だけではなかった。胸にわく安堵《あんど》と、そして疑問。それなのになぜ我々は毎回毎回、大量のおでんを作ってしまうのか。そこに何か意味はあるのか。考えた末、たどりついたのは、我々の魂に刻みつけられているかもしれない、ある記憶である。

『昔々、まだ八百万《やおよろず》の神様が地上におわしました頃、大蛇に姿を変えた敵が日本に攻めてきました。それを知った神様は、大きなおでん鍋に大蛇をおびき寄せました。匂いに誘われて大蛇が鍋を覗《のぞ》いた瞬間、神様たちは大蛇を鍋に放り込みました。哀れ大蛇はグツグツ煮立つおでんの中へ。こうして日本は守られ、その時の鍋が今の琵琶湖となったのです』

この遺伝子レベルの記憶が我々を無意識のうちに操り、まるで護国の儀式のように大量のおでんを作らせてしまうのだ。そう考えるとすべての辻褄《つじつま》が合う。五人前のおでんを前に私は膝《ひざ》を打った。食べることに意味はない、我々は作るためにおでんを作るのだ。それこそがおでんの業《ごう》なのである。

【九食目】

業なので、正々堂々、全部捨てた。

斎藤くんの恩返し

朝、目が覚めると顔のすぐ横に一匹のワラジムシがいた。大きさは人差し指の爪くらい、茶色く楕円《だえん》形で、全体的にもちろんワラジに似ている。それが目の前、枕の上にいたのである。「きゃあ！」とは言わなかったと思う。昔、道端の下半身丸出し男に「きゃあ！」と叫んだ時の相手の得意気な顔を見て以来、私はうかつに「きゃあ！」とは口にしないようにしているのだ。それで確か「じゅ！」かなにか一種焼き肉的な声を発しつつ飛び起きた。そして斎藤くんのことを思い出した。

斎藤くんは、昔、うちで飼っていた猫である。グレーのペルシャ猫で、まあ他人の猫自慢ほど聞いていてつまらないものはないから控えめにいうと、だいたい世界で一番目くらいにかわいらしかった。もらわれてきた時はまだ本当に小さかったから、スリッパの中に潜り込んですやすや眠っている姿などは、もうそれ履いて町内一周してひねり潰《つぶ》しちゃおうかしら、とワケのわからない気持ちが愛という名を借りて湧き起こるほどであった。

斎藤くんはとてもおとなしい猫だった。決して外へは出たがらず、臆病《おくびょう》で狩りは苦手、金魚や迷いインコにすら興味を示さなかった。終日、家で静かに過ごすことを好み、あまり積極的に飼い主との交流も持たない。ただし、夕方お腹がすいた時だけおもむろに私の部屋の前までやって来ては、前肢《まえあし》でほとほとと戸を叩《たた》き、精一杯哀れな声でこう鳴くのが常だった。

「ごめんくださーい、わたくし通りすがりの旅の猫ですが、今日で三日も何も食べておりませーん……御新造さーん、御新造さーん、どうかどうかあちらにある猫の絵の描かれた缶詰めを一つおめぐみくださーい」

いや、もちろん斎藤くんが実際に語るわけではないが、たぶんそれくらいの小芝居をしているに違いない哀れな声色で空腹を訴える。それを聞くと、私はたちまち御新造さんだ。新造というか気持ちとしては未亡人だ。そして少しの間、耳を塞《ふさ》いでみせる。夫を亡くし、年子の子供を十一人抱え、近所の野良仕事の手伝いで生計を立てている私に、旅の猫をもてなす余力はないからだ。

けれども斎藤くんは諦《あきら》めない。しつこく鳴き続ける彼に、「ごめんなさい。うちでは無理なの」と私は思う。「庄屋《しょうや》様のお屋敷を教えようかしら」とも思う。だが教えたが最後、強欲庄屋は、旅の猫など何の躊躇《ためらい》もなく三味線の皮にしてしまうに違いない。「御新造さーん」、哀れな斎藤くんの声に、やがて私は心を決め、笑顔で戸を開ける。

「まあ、これはこれは旅の旦那《だんな》。ささ、どうぞ。何もない田舎ですが、缶詰めだけは自慢できるのですよ。なにしろ近くに、缶詰めがたくさん採れるホームセンターがありますからね。どうぞ遠慮なく」

なんて、まあこのあたりで読むのが嫌になってる人も当然いるかと思うが、とにかく無口な斎藤くんのほとんど唯一といっていい夕方の積極的交流姿勢を、私は「旅の猫ごっこ」と名づけ、毎日心待ちにしていた。できれば何時間でも続けたかった。

ところが、どうやら斎藤くんは違ったようで、缶詰めを食べ終えるや否や、ごちそうさまを言うでも、「聞けばあなたさまは未亡人だそうで。お礼に後添えの口を紹介させてくださいませんか」と佐藤浩市に引き合わせるでもなく、もう私など側にいないかのように、いつもとっとと毛づくろいを始めるのである。

私は悲しかった。「なによ、あたしの缶詰めだけが目的だったのね」と思った。と同時に、斎藤くんのためにもこのままではよくないと考えた。世の中というのは、決して薄情な考えでは渡っていけないものなのだ。

寅さんを見よ、と私は斎藤くんに言ったものである。一宿一飯の恩義がある大原麗子のために彼も一肌脱いだではないか。確か三十四作目。大原麗子の旦那は米倉斉加年だった。ほんと歳とるとどうでもいいことばっかり覚えてるが、とにかく恩義というのは大切なのだ。

「斎藤くんはその点どう考えてます?」

「……」

満腹になった斎藤くんは無口である。だが私も真剣だ。繰り返し寅さんを語り、鶴の恩返しを語り、笠《かさ》地蔵を語った。もちろん一方的に感謝しろ、恩義を感じろと斎藤くんに迫ったわけではない。最大限の譲歩もした。

「なにも缶詰めのお礼に重い米俵を持って来いとは言ってません。幸い今の日本にはこういう便利なものがあります」と財布から一万円札を取り出し、「このおでこと鼻の横にホクロのあるおじさんの紙が一番大事ですから、これをたくさん枕元に」と、福沢諭吉の特徴を覚えさせたうえで、軽量化の便宜を図ったりしたのである。

だが、斎藤くんには通じなかった。あくまで自分の缶詰めだけを要求し続け、そして七年前の秋に十九歳で死んだ。死ぬ何日か前、動くことも食べることもほとんどなくなっていた斎藤くんが久しぶりに部屋の前にやって来て、部屋の戸をほとほと叩いた。もちろん既に旅の猫ごっこどころではなく、私はただ斎藤くんの背中を黙って撫《な》で、それから大好物のササミを与えた。斎藤くんはそれを少し食べた。最後に斎藤くんと本気で遊んだ夕方がいつだったか、だから今も覚えていない。

　ということを、枕元のワラジムシを見て思い出したのは、もしかするとこれが斎藤くんの恩返しではないかと思ったからである。臆病で弱虫の彼が七年かけてようやく仕留めたのがこの一匹だとしたら……。そう考えると、グロテスクな光景も愛しく、「これが精一杯だったよ。米俵じゃなくてごめんね」、そんな斎藤くんの声まで聞こえた気がして、私はワラジムシをそっと手に取り一人涙をこぼした……わけはなく、もんのすごいスピードでティッシュにくるみ、引退覚悟の熱投でゴミ箱にたたきつけ、手も顔もシーツも枕カバーもとにかく全部洗い、勢いあまってビールまで呑《の》んで、「虫じゃない――！　紙――！　前に見せたおでこと鼻の横にホクロのあるおじさんの紙――！」と、空の斎藤くんに向かって叫んだのだった。

一・一・四活動

秋もすっかり深まり、今年の「一・一・四活動」も正式に終わりを迎えた。

一・一・四活動。正式名称は「昼食に一人で一度に素麵《そうめん》を四把《わ》食べる活動」。私が提唱し、しかし今のところ一ミリたりとも広がりを見せていない素麵活性化運動である。

一・一・四活動の根幹をなすのは、素麵という食物の特殊性である。別の言い方をすれば、まるでこの世に存在しないがごときその脆《もろ》さが招く不幸である。

思えば、素麵とは不幸な食物だ。夏の休日、恋人が急に部屋を訪ねてきたとしよう。ちょうど昼時、あなたが素麵を茹《ゆ》でようとしていた矢先のことである。麵の束をそっと手にとり、あなたは息を詰めている。細くたおやかな生娘を思わせる扇情的危うさと、それゆえに醸しだされる他者をも拒絶するような気高さ。相反する二つの個性が招く、「慎重に帯を解けば解くほど勢いあまって数本折れちゃう現象」、あるいは「折れて調理台に落ちたそれを拾おうとして却《かえ》ってバキバキにしてしまう現象」、もしくは「無傷での帯はずしに成功したと見せかけても実は束の内部で五本くらい折れている現象」の危機に直面しているからだ。

そんな緊張感高まる状況下に現れた恋人。あなたは仕方なく問うだろう。

「お昼は？」

あなたの手元をちらりと見て、相手は答える。

「あ、素麵でいいよ」

相手の間の悪さもさることながら、これほどまでに繊細な作業を要求される素麵が、「でいいよ」扱いされる不条理さにあなたは言葉を失う。「でいいよじゃねーんだよ、でいいよじゃ！　じゃあオマエが茹でろよ！」と、素麵五束くらいまとめてへし折りたい衝動を抱くだろう。日本の夏の台所に、この「へし折りたい」計測器を設置したら、国のエネルギー問題が一気に解決するほどの勢いでカウンターが回るのではないか。私は常々そう考えるものであるが、しかしとにもかくにもあなたは素麵を茹でる。湯は沸きつつあり、一度帯を解いた麵は、何があろうと後戻りはできないからだ。

やがて出来上がった素麵を囲み、それなりに穏やかな時間が訪れるかと思いきや、往々にして新たな問題が浮上する。素麵を口にした恋人が無神経にもこう言うのだ。

「なんか物足りなくない？」

はあー？　なーんーかーもーのーたーりーなーくなーい？　じゃあーオーマーエーが（略）という言葉を、けれどもあなたはなんとか堪《こら》える。確かに素麺は全般的に「物足りない」食物であると、以前から気づいていたからだ。食べても食べても「なんか足りない！」

　確かに不安ではあった。恋人のために新たな素麺投入を決めた時も、実際のところかなり迷ったのだ。「ていうか、ほんとにこの量で正解？」。素麺の見た目の繊細さは、人を惑わせる。生まれてこのかた「素麺の一人前は何把であるのか」と頭を悩ませた経験のない日本人など存在しないと私は断言するが、あなたもまたその疑問の渦に巻き込まれていったのだ。

　しかも素麺はほとんど増えない。水に浸けただけでワカメが異様に増える現代社会において、どれほど茹でようとも、形状を直線から曲線へと変化させるだけの素麺。その希少性はともかく、何が正しくて何が正しくないのか、見れば見るほどわからなくなる。「これだけ増えないのだからこれで十分ということではないか」とも、「いや、やはりこの繊細さで人のお腹を満たすのは無理ではないか」とも思う。もちろん答えは簡単には出ない。

考えてみれば、今までもずっと言葉にできない不確かさを、「いやまあ今日のところはとりあえず」という大人の妥協でごまかしてきた。今だってそうだ。葛藤《かっとう》と不安のあげく、足りなければ自分が我慢すればいいやとまで覚悟して茹でたのだ。なのに、そんなあなたの気持ちも知らずに、恋人はさらに追い討ちをかける。

「軽く天麩羅《てんぷら》でも揚げたら？」

はあああ？　この期に及んで、かーるーくーてーんーぷーらー（略）。

これを不幸の食物と呼ばずして何と呼ぶのか。

そうして私は立ち上がった。素麺の繊細さが招く幾多もの軋轢《あつれき》を終わらせるため、真夏の灼熱《しゃくねつ》の台所で繰り広げられる苦行のような「茹で」と「揚げ」に終止符を打つため、ひいては世界中の男女の幸福のために、未《いま》だ見られない「素麺適量問題」の解決へと乗り出したのだ。

すべては実践あるのみ。試行錯誤を重ね、黙々と素麺を食す日々が続いた。つらくなかったといえば嘘になる。しかし私はやり遂げ、そして数年前の夏、ついに一つの結論にたどり着いたのである。

一、素麵は人を決して満腹にはしない。
二、でも五把以上食べると自分が怖くなる。

二つだった。二つの結論だったが、いずれにせよ大きな進歩であると思う。なかでも素麵が満腹感をもたらさないという発見は、非常に意義深いものであった。なるほど、あれは麵の仲間などではなく霞《かすみ》の仲間であったのだと、目が開かれる思いがした。

かくして一・一・四活動は生まれた。つまり「昼食に一人で一度に素麵を四把食べる」ことが幸福への道であると、私は正式に結論づけたのである。一人で、というのは世間との無用な諍《いさか》いを避けるため、一度に、というのは活動基準を明確にするため、そして四把というのは、常識に縛られず付け合わせにも逃げず、かといって自分を見失わない、人間としての理性が込められた数である。

さきほど夏の残りの素麵を寒さに震えながら食し、今年の「一・一・四活動」は完全に終了した。賛同者は一人も現れなかったが、来年こそは本活動を飛躍させ、これが素麵の不幸の連鎖から人類を解き放つ福音であることを知らしめたい。

と同時に、霞の仲間でありながらなぜ一夏で三キロは太るのか、という活動最大の謎を解明したいとも思っている。霞なのになぜ。そりゃ仙人も餓死しないのである。

冤罪《えんざい》の行方

　それは白く大きな猫だと彼は言った。白く大きな猫が、毎日のように庭に現れるのだと言った。彼の庭だ。美しくよく手入れされたその庭を、彼は深く愛している。もちろん「愛している」と口に出したわけではない。しかし、刈り揃えられた芝や、みずみずしい植木や、雑草一本生えていることのない家庭菜園を見ると、彼がいかに多くの愛情を庭に注いでいるかは一目瞭然《りょうぜん》だ。

　実際、春から秋にかけて、彼は多くの時間を庭で過ごす。仕事を定年退職し、四年前に大病を患ってからは、医者の勧めもあってなおさらそうなった。

　生活は規則正しい。朝食は八時。夏は開け放した窓から食器のカチャカチャと擦れ合う音が、おそらくは彼が考えているよりずっと遠くまで響いている。否、彼は食器の音のことなど考えてはいないかもしれない。彼が考えているのは猫のことだ。庭を荒らす白い猫。

猫は今年の春先から彼の庭に、ちょくちょく姿を現すようになった。犬のように暴れることはないものの、丹精こめた畑がトイレ代わりにされているかと思うと、とても気分が悪い。だから朝食後はすぐに庭に出る。たまに気が急《せ》いて帽子を忘れ、台所の窓から「母さん、母さん、帽子！」と妻に声をかける。穏やかな呼びかけだが、その足下を件《くだん》の猫が走りすぎて行ったりすると、「母さん、かあさぼうしああこのやろにゃあこらあああ！」と意味不明な叫び声に豹変《ひょうへん》してしまうのが、彼はなにより悔しい。

猫よけのペットボトルは一度置いたがすぐにやめた。見栄えがあまりよくないばかりか、「あれ、効果ないらしいですよ」と隣の奥さんに言われたからだ。

隣の奥さんとは垣根越しによく顔を合わせる。おしゃべり好きの彼女は、彼に会うといつも挨拶《あいさつ》もそこそこに、娘婿から聞いたという健康法（朝食を抜くと消化の負担が一回分減って体調がよくなるのよ）や、近所の噂話（お姑《しゅうとめ》さんのデイサービス送迎バスを『お迎えが来る』と言うお嫁さんはわざとかしらね）や、ゴミ収集所に集まるカラスの数（少なくとも二羽。ネットからうまくゴミを引きずり出せた時は最高で九羽も！）などについて、途切れることなく話しかけてくる。つられるようにして彼も自分についてよく話す。昔の仕事のことや病気のことや彼自身は「三度の食事をきちんと摂ることが大切」と考えていることなどだ。

猫の素性についても彼女から聞いた。いや、最初は「わからない」と言われたのだ。飼い猫か野良猫かもわからない、けれどペットボトルの猫よけは効果がないらしいですよ、と。その時、彼はガッカリしたのだろうか。おそらくは酷《ひど》くガッカリした顔を見せたのだろう。なぜなら数日後そんな彼を気の毒に思ったらしい隣の奥さんが「あれからちょっとアレしてみたんだけど、白い猫でしょ？　大きい猫。どうやらカンダさん（仮名）のとこの猫らしいですよ」とわざわざ報告してくれたからだ。

「ちょっとアレ」が何を指すかについては、彼は追究しなかった。そのかわりしばし無言になった。奥さんの言葉に、思わずカンダ家を見上げていたのかもしれなかった。カンダ家は彼の家の裏、家庭菜園の真ん前に建っている。一階は塀に隠れ、二階の窓だけが見える。

以来、彼にとって猫は非常に具体性をもった生き物となった。もう単なる「庭を荒らす白い猫」ではない。カンダ家から現れては、こそこそと庭を荒らし、素知らぬ顔でカンダ家に帰っていく飼い猫なのだ。

彼は庭仕事にいっそう力を注ぐようになった。もともと、庭仕事には終わりはないというのが彼の考えであり、やってもやってもやることがある、というのが彼の口癖だ。その「やること」の中に猫との闘いが正式に加わった。なんとか侵入を阻もうと柵をたてたり、畑の周りに酢を撒《ま》いたり、網を張ったりした。それがダメだとわかると、新聞の集金人や通りすがりの知人や、とにかく様々な人に猫被害を訴え、撃退法を募ってみた。その際、彼は猫を「カンダさんちの」と呼んだ。

「カンダさんちのが来て」

「カンダさんちのがオシッコして」

「カンダさんちのが塀伝いに逃げて」

「ったく忌々《いまいま》しい」

繰り返しそう説明するうち、「カンダさんちの」はすっかり定着した。秋が深まる頃には、彼の妻も隣の奥さんも、ついには反対隣の奥さんまでもが、その白い猫のことを「カンダさんちの」と呼ぶようになった。

「さっきほら、カンダさんちのがまた」

「ああ、また」

怒りを含んだ声で日に何度も「カンダさんちの」という言葉は発せられ、それと同時に皆が無意識にカンダ家を見上げてしまうのだろう、決まって沈黙も訪れた。彼らが未《いま》だ何も知らないことを証明する沈黙だった。

そう、彼らは知らないのだ。見上げるその窓の向こうにカンダ家、否、仮名を外して正直にいうなら、北大路家の娘であるところの私がいることを。窓を開けると自分たちの声がどれほどそこに筒抜けになるかを。あまりに筒抜け過ぎて、却《かえ》って「あのー、うちは猫なんて飼ってないんですけど」と真実を告げられずにいることを。

彼らの誤解がどこへ向かうのかが気になって、寒くなった今でも、私は窓を閉めることができない。震えながら耳をそばだて、冤罪の行方を見守っている。「キタオージさんちの」という声が聞こえるたびに、身の縮む思いがする。もちろん誰が悪いわけではない。誰も悪くはないが、とりわけ悪くないのは私だろうとも思う。

今日から庭木の冬囲いが始まった。彼の口ずさむサブちゃんの歌を聞きながら、冬の間に「キタオージさんちの」がどこか別の居心地のいい場所を見つけることを、ただ祈っている。

詰め替え

シャンプーの詰め替え用製品が、実は「二人用」であると気づいた時の衝撃は、今も忘れることができない。自宅の浴室だった。全裸で、身体も髪も濡《ぬ》れ、毛先からは雫《しずく》がぽたぽたと垂れていた。目の前にはシャンプーボトルと詰め替え用パウチ。入浴中にシャンプーが切れていることを知り、その詰め替え作業を行っていたのである。

作業は難航していた。まず「手で開けられ」るはずのパウチの切り口が、どう頑張っても開けられないのだ。濡れているせいなのはわかっている。焦って力を込めれば込めるほど、その濡れた指が濡れたパウチの表面を、右へ左へ虚《むな》しく滑る。拭《ふ》けばいいとは思う。思うが、タオルもとうに濡れてしまった。浴室に乾いたものなど他に何一つない。あるとすればそれは私の心だけ……と、どこか切ない気持ちになりながら、結局は歯でちぎり取る。人としての一線を越えた思いがする瞬間だ。

さらにはそうまでして開けた注ぎ口が、うまくボトルに嵌《は》まらない。外れにくくするための配慮か、幅がボトルの口より大きく作られているのだ。そんな配慮はいらんと思う。第一いくら配慮したところで、賭《か》けてもいいが、この世に詰め替え中にボトルの口から外れないパウチなど存在しないのだ。

私の認識どおり、ようやく挿し込んだ注ぎ口はすぐに外れる。だるくなった腕を休ませようとしては外れ、中身を搾ろうとしては外れ、正座を崩そうとしては外れる。そのたびにいちいちボトルが倒れて中身が漏れ出すのは、重心が上にあり過ぎるせいだ。倒しては起こし、起こしてはパウチを挿し直し、挿し直してはまた外す。

そうこうしているうちに、漏れ出たシャンプーで指がぬるぬるになり、事態は一気に悪化する。ぬるぬるの指では、濡れたボトルを絶対にうまく扱うことはできないからだ。結局、太ももの間に挟んで固定するしかなくなるのだが、いかんせん裸だ。あまりの冷たさに息がとまりそうになる。

惨めだった。惨めで裸で寒かった。うつむいた髪先からポタリと雫が落ちる。泣いているみたいだ。いや、実際泣きたかった。どうしたらうまくやれるのかがわからない。そもそも腕の数が足りないのだ。これを成功させるには、少なく見積もっても三本、できれば四本の腕が必要なのに、どこを捜しても私にそんな持ち合わせはない……と思った、まさにその瞬間であった。私は気づいたのである。

これは本来「二人用商品」なのではないか。

正しくは一人がボトルを押さえ、もう一人が中身を移し、「まー君、ちゃんと押さえててよ」「押さえてるよ、ほら」「やだもうふざけないで」「ふざけてないよ」というキャッキャウフフ的状況下で使用すべき、愛の製品なのではないか。そうとは知らず私は独り身の分際で堂々これを購入し、ただ闇雲に振り回していただけなのではないか。ならば失敗するのも道理ではないか。

天啓であったと思う。目の前が一気に明るくなり、私は顔をあげた。そうだ、これが二人用であるなら、世の中には一人用もきっと存在するはずなのだ。濡れた指でも滑らず、象が踏んでも倒れない、一人用詰め替えシャンプー。

その夢のような存在を思い、しばし私はうっとりする。売り場に並ぶ静かな佇《たたず》まいを想像し、胸を高鳴らせる。もう寒くはない。私は希望を手に入れたのだ。いつの日か、一人用シャンプーを買いに行くという希望。その日がくるまで、濡れたボトルを倒しながら私は暮らそう。きっと人はそれを幸福と呼ぶのだ。

チーズ

生きづらい世の中になったとつくづく思う。チーズだ。気がつけば、あらゆるところにチーズの潜んでいる時代がやってきてしまった。

ハンバーグを切れば中からでろりと姿を現す。ピザの耳には強引に押し込まれている。カレーを注文すればルーに無断で混ぜ込んである。挙げ句の果てには、居酒屋で醤油《しょうゆ》をかけて口に入れた冷や奴のお通しが、豆腐じゃなくてモッツァレラチーズだ。

いつからこんなことになってしまったのか。昔はこんなふうではなかった。昔、チーズは石鹸《せっけん》であり、ソーセージであった。いや、石鹸でもソーセージでもないが、よく似ていた。白くて四角くて適度に固い、もしくは円筒形の身体をぴちりとフィルムに包んだ、身持ちのいいやつらだった。それが当時のチーズというものであり、あくまでも固形物としてこの日本に存在していたのだ。

チーズ石鹸期のことを私は懐かしく思い出す。あの頃世界は美しく、そしてシンプルだった。世の中はチーズ界と非チーズ界にきっぱりと分かたれ、我々はチーズの実体を常に目視することができた。当時、いち早くチーズをその身に取り入れたのは竹輪だったと記憶するが、中に潜んでいるのがチーズかキュウリかは一目で判断でき、のみならず物理的には取り外しすら可能だったのである。チーズはチーズ、非チーズは非チーズ。そんな単純で機能的な世界が、かつてこの国にもあったのだ。

だが、幸福な時代は長くは続かなかった。やがてチーズはその黒い野望を剝《む》き出しに、愚かで無防備だった我々に襲いかかってきた。なぜ見抜けなかったのかと今となっては悔やまれる。

兆しはあったのだ。石鹸期に次ぐ湿布期の到来、つまりはスライスチーズが登場した時点で、私は気づくべきだった。

こいつら今に溶かしてくるぞ、と。全力で溶かして柔らかくしてあらゆるものにチーズ混ぜ込んでくる気だぞ、と。しかし当時の私は、ただ薄くなったチーズを手に「こんな湿布みたいなものはちょっと」と愚かに笑うだけだったのである。

案の定、事態は急速に悪化した。一度溶け始めたチーズは、途中「裂く」という目眩《くら》ましを用いながら、着々と野望である世界征服へと向かっていった。

「裂けるチーズ？　いやいや、その形はカニカマで間に合ってますから」

など油断しているうちに、パンやパスタはもちろん、鍋《なべ》やおにぎりにまで入り込み、チーズ界と非チーズ界を全力で溶け合わせていたのである。

見渡せば、もはや世界にチーズ・非チーズの区別はない。あの、ブラジャーからジンギスカン鍋まで目に付くものすべてにキティをまぶすサンリオのように、あらゆるメニューにチーズを潜ませることにやつらは成功したのだ。

予言しよう。やつらの世界征服計画は未《いま》だ途上だ。豆腐のふりをしたモッツァレラチーズを口にした時、私はそれを悟った。見ているがいい。まもなくサンリオ期は終了し、なりすまし期が訪れる。豆腐の擬態に成功したやつらは、今後すべての食材になりすますはずだ。ご飯だと思って食べたらつぶつぶチーズ、ラーメンだと思ってすすったら伸び伸びチーズ、味噌《みそ》汁だと思って飲んだら熱々チーズ。そんな絶望の日が必ず訪れる。

その瞬間をエメラルドグリーンの小鉢の中で、今もやつらはほくそ笑みながら待っているのだ。

ホラー映画

いかにして人生に不必要な恐怖を持ち込まずにすませるか、ということを考える時、もっとも参考にすべきはホラー映画の中の人々である。あんな恐ろしいものを好んで鑑賞する人の気は知れないが、恐怖回避という観点から見た場合、確かに学ぶことは多い。

まず目につくのは、照明問題である。彼らの家はおしなべて暗い。直接照明を嫌い、コジャレた間接照明、あるいは小さなテレビ画面の光だけで夜を過ごすからだ。その生活様式は、舞台が外国だろうが日本だろうが豪邸だろうが古いアパートだろうが、不思議なほど変わらない。

「電気をつけろ！」

画面の向こうの彼らに、何度心の中で叫んだことかわからない。

「できれば蛍光灯！　部屋の隅々まで無機質に照らせ！」

なにしろ平時ではないのだ。異変は既に始まっている。友人が姿を消し、同僚が呪われ、度重なる怪奇現象に身も心も疲れはてている午前二時、無人のはずの二階から子供の笑い声が聞こえてきたからといって、なぜその薄らぼんやりとした明かりを頼りに覗《のぞ》きに行こうと思うのか、ということである。

また、その「覗きに行く」という安直な行動についても思うところはある。繰り返すようだが、平時ではないのである。友達が玄関からピンポーンって来て「呑《の》み行こーぜ」と誘うのとは、わけが違うのだ。子供の笑い声だぞ。行ってどうするよ。行くなよ。

止める私を振りきって、しかし彼らは必ず行く。そして目についたすべてを開ける。声がするといっては襖《ふすま》を開け、気配が漂うといっては押し入れを開け、その押し入れに紙の貼られた箱があるといっては紙を破いて開ける。賭《か》けてもいいが、その紙は封印だ。外国人ならまだ仕方がない。御札の文字も読めないかもしれないし。しかし、生粋の日本人と思われる人までもが箱を平気で開けるとは、おまえたちは浦島太郎の話から一体何を学んできたのかと、私は中腰になる。

さらにわからないのが落とし物だ。霊能力者から貰《もら》ったお守り。今は命の次に大事であろうそれを、彼らはなぜか確実に落とす。代わりに握りしめるのは携帯電話だが、そんなものが何の役に立つというのだ。電波が届かないか、届いたら届いたでこの世ではないどこかから着信がくるだけだろう。

だが、私の心配をよそに彼らは肝心なものからきっちり落とす。役立たずの携帯電話を握りしめたまま、丸腰でナニモノかに追われ、そして百％転ぶ。もちろん転んだ先に、なくしたお守りが転がっているというような幸運もないわけではないが、だからといって決して安心はできない。それを手に物陰に身を潜めた途端、今度は必ず物音を立てることになっているからだ。ガタン。息もしちゃいけない場面、肘《ひじ》で盛大に何かを倒す彼らを見つめながら、私は頭を抱える。

もうダメだ。おそらく彼らに救いの日は来ないだろう。もし助けがやってきて、奇跡的に生還できたとしても、次の瞬間、彼らは絶対気を抜く。そういう性格なのだ。

警察が来る。パトカーから恋人が駆け降りてくる。ほっとした彼らは赤色灯に照らされながら、愛しい恋人をひしと抱きしめる。彼らは夢にも思わないのだ。その恋人にナニモノかが取り憑《つ》いているとは。だが、もちろん憑いている。決まってるじゃないか。憑いてんだよ。さっきまでおまえを追いかけ回してたモノが。その恋人に。

ホラー映画の中の人から学ぶべきことは多い。

部屋の電気は必ずつけ、いたずらにあちこちを覗かず、お守りは肌身離さず身につけて、恋人は敵と思う。

反面教師としての彼らは偉大だ。これで夜中に問答無用で恐怖映画のCMを流す風習さえなくしてくれれば、もう何も言うことはない。

干畳

それにしても全自動洗濯機には騙《だま》された。初めてその名を耳にしたのは、十代の頃であったと思う。一から十まで全部が自動。まだ何一つ疑うことを知らなかった私は、その言葉の響きに興奮し、新しい時代の到来に胸躍らせたものだった。

実際、洗濯というのはなかなか厄介な家事である。濡《ぬ》れた衣類はずっしり重く、水は冷たく、干すだけでも冬場は身体が冷える。ポケットに入ったままのティッシュは雪のように降り、靴下の五足に一足はなぜか片方が行方不明だ。ようやく乾いたと思えば、今度は一枚一枚畳んで箪笥《たんす》にしまわなければならない。

床に正座し、袖《そで》を折って身頃を折って衿《えり》は折らないで、という単調な動作を続けているうちに暗い気持ちになり、ふいに祖父のことを思い出したりする。祖父の父親は馬車に轢《ひ》かれて死んだのだが、その死に際の褌《ふんどし》のあまりのくたびれ具合が恥ずかしく、以来祖父は自分の褌には常にまめな洗濯と漂白とアイロンがけを要求し続けた人なのだ。

「じいちゃん……死んでくれててよかったよ……」

会ったこともない（早死にしたので）祖父の死にホッとしながら進める作業のなんと鬱々《うつうつ》とすることか。

そこへ登場した、全自動洗濯機である。私は狂喜した。もうこれで「洗い」と「すすぎ」を切り替え忘れて床一面水浸しにしたり、脱水槽の中蓋《なかぶた》を失くして洗濯物が突然飛び出してきたりすることもなくなるのだ。そのあたりのことは、機械が丸ごと引き受けてくれるというのである。まさに文明の力。

確かに不安に思うこともなかったわけではない。あの四角い機械がどうやって洗濯物を干して畳んで箪笥にしまうのか。母の服と私の服をどうやって見分けるのか。私の乏しい知識では、うまく想像できなかったが、しかしそれを乗り越えてこその進歩である。全自動というからには自動なのだ。やる時にはやる子なのである。

そう信じた私の純情は、しかしあっさり裏切られた。新たに我が家にやってきた全自動洗濯機は、説明書を最後まで読むまでもなく、一枚たりとも干さないし、畳まないし、しまわないのである。

真実を知った時の衝撃を思い出すと、今でも胸がつぶれそうになる。あなたね、と私は脱水を終えた洗濯機に言ったものだ。

「あなたお母さんに洗濯頼まれて、この状態で『終わったよ』って言ってごらんなさい。叱られるでしょう。ちゃんと干しなさいって怒られるでしょう。家に帰るまでが遠足なら、干して畳んでしまうまでが洗濯です」

家電メーカーの社訓にしたいような魂の叫びであると自負するが、その声はどこにも届かなかった。世の中は、唯々諾々とあの「半自動洗濯機」を全自動として受け入れ、私も元の洗濯生活、つまりはティッシュにまみれて濡れた衣類を干し、祖父の褌を思いながら乾いた衣類を黙々と畳む日々を続けるしかなかったのである。

あれから長い年月が流れた。希望を捨てたわけではなかったが、残念ながら未《いま》だ洗濯機が干したり畳んだりする気配はない。まるで皆が皆「全自動」という言葉の意味を忘れてしまったか、もしくは「洗濯」という行為が示す範囲を過小評価しているかのようだ。それとも人々はそんなに靴下の左右を延々合わせる作業が好きなのか。

いずれにせよ私は今、改名を考えている。「洗濯」などと名付けるから、洗って濯《すす》ぐことのみに人々の心が奪われるのだ。それがすべてではないことを、我々は思い出させねばならない。

「干畳」

そう、干して畳む行為こそが洗濯における今後の主役であると訴えよう。干畳。いい名じゃないか。干畳。何と読むか知らないけれど。

外国映画

映画、とりわけ外国映画を観るたびに不思議に思う。「普通の人はこれを一度に全部覚えられるのだろうか」と。

これというのは登場人物のことで、私にはどうにも彼らをうまく見分けることができない。よく年寄りが「テレビに出ている子がみんな同じ顔に見える」などと言っていたが、いやほんと昔の人はうまいことを言う。まったくもってそのとおり。「同じ顔」というのは決して誇張ではない。出てくる人出てくる人、面白いくらい誰が誰だか区別がつかないのだ。

むろん努力はしている。常に緊張感をもって視聴に臨み、途中トイレに立つことなどは論外、できれば瞬きもしない覚悟で画面を凝視する。頭の中で「この人が主役、この人がその奥さん、これが友達で、こっちがライバル」などと確認もする。しかしふと気がつけば、さっきまでナイフを手に罵《ののし》りあっていた人たちが次のシーンでは初対面の挨拶《あいさつ》をし、死んだはずの人間が鼻歌まじりで目玉焼きを焼いていたりするのだ。ポイントは人種と年格好で、これが同じなら、私の場合ほぼ百％見分けがつかない。

ならば名前で判別しようと試みるも、あろうことか彼らはそれすらコロコロ変える。ファーストネームを名乗ったり、セカンドネームで呼んだり、ミドルネームとやらを持ち出したり、挙げ句の果てにはキャサリンの愛称がケイトって、それは本気なのか外国人。もしや純朴な日本人を国ぐるみでからかってんじゃないのかと疑っている間に、今度は変装だ。髪を切ったり、メガネをかけたり、髭《ひげ》を剃《そ》ったり、化粧をしたり、お前はルパンか。それだけではない。やつら、服まで着替える。二時間程度の映画の間に何度着替えたら気が済むんだ。ややこしいから、着替えるな。

そもそも、と誰が誰やらわからなくなった頭で私は考える。出演者が多すぎるのではないか。いや、多いのは構わない。しかし、なぜそんなにそっくりさんが必要なのか。

だって足りるでしょう。すべての人種の男女一組ずつ、そこに老人と子供を足して、途中でのダイエット設定なしで太った人と痩《や》せた人を追加、さらにハゲとフサフサを加えただけで、かなりの人数を見た目重複させず、ノアの方舟的に出演させることができるはずだ。いろんなものが十分足りる。

たとえ姉妹役で人種が違ってもいいじゃないか。大事なのは心だ。心で「姉よ妹よ」と慕いあえば、それは立派な姉妹ではないか。なんなら私とアンジェリーナ・ジョリーが、血を分けた姉妹役でもまったく構わない。「まあそっくり」という台詞があっても受け入れる。第一よくよく見れば似ていないこともないかもしれないではないか。って、だからこの場合は似ていたらダメなのだが、というか似ていないのだが、つまりそれほどまでに私の混乱は深いのだ。

先日たまたまテレビで観たイギリス映画では、主人公と主人公に敵対する人物との区別がつかず（二人とも髭面白人だったので）、「え？　どっち？　こっち？　あっち？」と思っているうちに主役がポックリ死んで終わってしまった。その瞬間の荒野に一人放り出されたような孤独と、映画を観た感想が「どっち？」だけであるという虚《むな》しさ。

それを共有出来る人は、この国には本当にいないのか。誰もが一度で外国映画の登場人物を把握しているのか。心の底から寂しく、そして不思議に思うのである。

方角

「カーナビの登場は我々方向音痴人にとって福音足りえたか」という問題を考える時、私の心に必ず浮かぶ一つの光景がある。昔、一度だけ行ったことのある居酒屋の自動ドアに映る自分の困惑した姿だ。

暑い夏の昼下がりだった。照りつける太陽にうんざりしながら、我々はその居酒屋へ入った。正確には居酒屋ではなく料理屋だったのかもしれないが、目的は酒を呑《の》むことにあったので、認識としては間違ってはいない。ちなみに我々というのは、私および私が当時お付き合いしていた人のことで、二人は昼酒という共通の趣味を介して日々交際という名の堕落に勤《いそ》しんでいたのである。

店に入った瞬間、意外な気がしたのを覚えている。やけに広いな、と感じたそれは、今から思えばある種の予感だったのだろう。割烹着《かっぽうぎ》姿の女将《おかみ》に促され、入り口近くの小上がりで我々はお酒を呑んだ。趣味であるから昼でも手抜きはしない。全力で飲酒をしているうち、やがて彼がお手洗いに立った。戻ってくるのと入れ違いに私も立ちあがる。

「トイレどこ？」

「あそこ」

彼の指差す「あそこ」はずいぶん遠いように思えた。いや、実際それは遠かった。細かく仕切られたテーブル席の合間を縫うように走る通路、その複雑な通路を幾つか曲がり、無事に目的地に到着したと安堵《あんど》したのも束の間、帰り道がまったくわからなくなるくらい遠かった。

迷った、と気づいたのはトイレを出た後、角を二つくらい曲がったあたりではなかったかと思う。気づいた時には、自分がどの方向から来たのかすら、既に判断できなくなっていた。さりげなく振り向いても、見えるのは、細長い通路と両脇にそびえる仕切り壁だけ。頭に血がのぼり、と同時に一気に酔いが回る。平静を装い歩き続けるも、頭の中は激しく動揺していた。見通しの悪い店内、分かれ道が現れるたびに右か左か迷い、しかし決して立ち止まらないのは、迷子であることを見破られたくない見栄からだ。

一足ごとに心臓がドキドキし、イヤな汗が噴き出し、ふいに愛などないと思う。愛さえあれば、たちまち彼がこの窮状を察知し、愛の力で私を引き寄せるはずなのだ。

「愛の力で私を救い出して！」

だが、渾身《こんしん》の心の叫びは、複雑に入り乱れる通路の向こうに虚《むな》しく吸い込まれていくだけ。そしておそらく彼は呑んでいるだけ。

どうなるのだろう。不安が私を襲う。正しい道に辿《たど》り着けなければ、私はどうなるのだろう。行き倒れ、このままここで生涯を終えるのだろうか。もしそうなったら天使になろう。天使になって、愛を信じて右往左往している下界の人々をせせら笑うのだ。わっはっは。愛なんてないの。あんたらが愛だと思ってるのは、あれ全部、げ・ん・そ・う。

気持ちを激しく混乱させながら、どれくらいの時間を歩いただろう。って、まあ一分ほどだとは思うが、「もしや化かされてる？」と本気で心配になり始めた頃、突如見覚えのある曲がり角が眼前に現れた。「ここ知ってる！」たちまち歓喜と確信に溢《あふ》れる私。

「やっぱ愛はある！」

心の中で叫びつつ、走るようにして私はその角を曲がった。

厨房《ちゅうぼう》だった。

白い上衣姿の板前さんが四～五人いっせいに振り向いた。ように思う。が、よくわからない。なぜなら後に引けなくなった私は、そのまま猛然と厨房を突っ切り、目についた勝手口から一目散に外に飛び出したからだ。

誰も追っては来なかった。たぶん彼らも何が起きたかわかっていないのだ。眩《まぶ》しい太陽の光が、街の風景を照らしていた。私は大きな息を一つつき、それから歩行者に交じっておもむろに店の正面へと向かう。周りがやけにちらちら見ると思ったら、足下は店のスリッパだ。自動ドアに映る困惑顔の自分。中へ入ると、女将が「いらっしゃ……え？」と言った。

つまりそれが「カーナビの登場は方向音痴人にとって福音足りえたか」という問いに対する私の答えだ。大の大人が五十センチの水で溺《おぼ》れる場合があるように、真の方向音痴人は一軒の居酒屋の中でバターになるほど迷う用意がある。その迷いは一台の機械が救えるほど単純なものではないということだ。ただし、愛の存在の有無については、未《いま》だ真相はわからない。

牡蠣《かき》

あれは二十五歳の冬だった。友人たちと出かけた小料理屋で、私は一つの真実と出会ったのだ。認めたくはないが、しかし認めざるをえない辛《つら》い真実だった。

牡蠣は貝ではない。

いや、理解されようとは思っていない。孤立も孤独も受け入れる覚悟はできている。バカなことを言っているとも思う。なにしろ私だって当初は貝だと信じていたのだ。貝だと信じ、無類の貝好きとして何度も生牡蠣を食してきた。

ぷっくりとしたつややかな身、ハッとするほど色白の肌、そして芳醇《ほうじゅん》な潮の香り。皿に並べられた牡蠣を前に、私は胸を震わせたものだ。理想の貝、という言葉さえ頭をよぎった。日頃、「蜆《しじみ》がもっと大きければ」「蛤《はまぐり》がもっと肉厚であれば」と、切ない夢を見ている貝好きにとって、牡蠣はまさに夢と憧《あこが》れの具現化そのものであるからだ。

だからこそ、その牡蠣がどこで食べても「変な味」であり、なおかつ「二個はいらない」ことを、私はなかなか認められなかったのである。私は悲しかった。誰とどこの店に行っても自分の牡蠣だけが、なぜか必ず「ハズレ」であることが。理想の貝である牡蠣を手に取り、ワクワクしながら食した瞬間、全身に広がる「なんか違う」の思いが。

恐る恐る周りを見渡すと、しかし違っているのは私だけで、相手は決まって笑顔だ。ニコニコしたまま「美味《おい》しいねー」などという感想まで漏らしている。嬉《うれ》しそうなその笑顔に、私は愛想笑いを浮かべながら、またださ、と小さく項垂《うなだ》れる。また私一人がハズレを引いてしまった。どうしてこういうことになってしまうのか。なぜ私の牡蠣だけが毎回毎回不味《まず》いのか。

嫌いだから、と気づくのに二十五年かかった。

二十五歳の冬、牡蠣を注文しようとした友人に、思わず「私はいらないわ」と言ってしまったのが決定打だった。無意識とはいえ、否、無意識だからこそ、それが真実の声だと認めないわけにはいかなかった。ショックであった。その瞬間まで私は自分が牡蠣好きだと信じて疑わず、あまつさえ翌年の厚岸《あつけし》牡蠣まつりの約束までしていたのだ。そこは行く前に気づいてよかったが、だが、安堵《あんど》ばかりはしていられない。すぐに一つの疑惑が拭《ぬぐ》いがたく胸に湧きあがってきた。

これだけ貝好きの私が嫌うということは、もしや牡蠣は貝ではないのではないか。

何を馬鹿馬鹿しいことを、という声があるのはわかっている。あれほどの理想の貝に何をいう、とのお怒りもごもっとも。しかし、牡蠣があまりに完璧《かんぺき》な貝であるが故に、存在自体が逆に罠《わな》である気がして仕方がないのだ。

私は想像する。太古、人類誕生以前のこの星に降り立つ偉大な何者かの姿を。大いなる知能と特異な力を持ったその何者かは、聳《そび》える山の頂に立ち、茫漠《ぼうばく》たる大地に静かに目をやる。彼の目は、見えない者たちの姿をとらえている。今はまだ存在しない、しかしやがてこの地に生まれ、栄え、諍《いさか》い、ついには滅びゆく人類の姿だ。

人類の運命を見届け、かすかに瞳《ひとみ》を曇らせた彼は、天に向かってそっと手を伸ばす。掌にふいに現れる黒い塊一つ。彼は言う。

「生まれくる命よ。私は滅び行くおまえたちに希望を与えよう。このごつごつとした醜い殻の中に救いを込めよう。名は牡蠣。私はこれに完全なる貝としての形状を与えよう。だが、決して貝ではない。愚かなる者たちはみな騙《だま》されるであろう。だが、貝ではないと見破る真実の目を持つ者が現れた時、初めておまえたちは滅びの運命を免れるのだ。その者を笑ってはいけない。その者が世界を救う。その者の声に耳を傾け、その者の望むものを差し出すのだ」

彼は牡蠣をそっと海に沈める。この世で最初の牡蠣はゆらゆらと水底に下りていく。救世主を待つために。

信じてもらわずとも構わない。地動説も初めは人々から嘲笑《ちょうしょう》されたのだ。しかし、いつか人々の目が開き、皆が私の声に耳を傾け、私の望むものを差し出す日が来るだろう。既に目覚めた人がいるかもしれないので念のために申し述べるなら、今はブルーレイレコーダーがほしいが、焦りはしない。理解されない孤独の中で私はじっとその日を待つ。

今日も地球は回り、牡蠣は貝ではない。私はそのことを知っているのだ。

扇風機

この夏、私は扇風機との闘いを放棄した。北国の短い夏、決して涼風を求めなかったわけではない。実際、押し入れに潜り込み、しまいこんである扇風機に手をかけたこともあった。後はこれを引っ張り出せばというところで、しかしピタリと動きが止まる。ふいに響く心の声。

お前は闘えるのか。あのバサバサに立ち向かえるのか。

去年のおのれの姿がまざまざと蘇《よみがえ》る。札幌二十五年ぶりの熱帯夜、私は深夜に扇風機に闘いを挑み、そして敗れたのだ。

先手を取ったのは向こうだった。夜中、あまりの暑さに眠ることができず、押し入れからゴソゴソと取り出した扇風機のスイッチを入れた瞬間、羽根部分からものすごい量の埃《ほこり》が一斉に飛び出してきたのである。完全なる不意打ちであった。

一瞬何が起きたかわからぬまま、舞い上がる埃を呆然《ぼうぜん》と眺める私。その私の肩や腕や膝《ひざ》、そして布団の上にも真っ白な埃がゆらゆらと降り注ぐ。ああ、きれいだなあ。まるで夢舞台に立ってるみたい。私、宝塚か何かでデビューした？　トップスター？

全力で現実から目を逸《そ》らす私を、しかし敵は容赦しない。埃が落ち着く間もなく、今度は部屋のあちこちから、ひっきりなしに聞こえ始める鳥の羽音のような音。

「誰？　こんな夜更けにいったい何？」

紙だった。メモ、ファックス用紙、栞《しおり》、チラシ、新聞、領収書。床の上の紙という紙が扇風機の風に生命を吹きこまれ、元気に羽ばたいていた。首振りに合わせた躍動感あふれる動き。目覚めの喜びを全身で表現する力強さ。いきいきと身を躍らせる紙をぼんやり眺めているうちに、巣立ち、という言葉が浮かぶ。

「夏、若鳥たちは親鳥のもとを離れ、いっせいに巣から飛び立ちます。大空への旅立ちです」

そっとつぶやいてみるも、当の若鳥たちはバサバサうるさいばかりで、一向に旅立つ気配がない。それどころか、思い出したように埃までをも撒《ま》き散らす。

「静かにするか、飛ぶかしなさい！」

不甲斐《ふがい》ない若鳥たちにしびれを切らして叱ってみるが、むろん効果はない。なんだろう、卵の時に甘やかし過ぎたかしらと、仕方なく扇風機の首を床から天井へ向けたところで、ようやく本来の静寂があたりを包む。ああ、よかった。

しかし、ほっとしたのも束の間、ふと気づくと電気の笠の上から、数年ごしの気合いの入った埃が次々に舞い降りてきているではありませんか。大きく優雅な動きを見せるそれは、まるで舞台の牡丹《ぼたん》雪のよう。

「やっぱり宝塚……？」

一瞬うっとりしかけるが、もちろんうっとりしている場合ではない。今度は慌てて首を水平方向に向ける。と、すかさず卓上の蚊取り線香の灰が、あたかも散骨のごとく風に吹かれて舞い上がる。

「宝塚じゃなくて遺族……？」

まあ何でもいいが、次々繰り出される波状攻撃に、いつしか私の戦意は完全に喪失していた。気がつけばもう夜中の二時を回っている。そのまま布団に倒れこむ。さっき埃が舞い降りた布団だが、そんなことはもうどうでもいい。とりあえず寝よう。羽ばたきたいヤツは羽ばたけばいい。舞い降りたいヤツは舞い降りるがいい。だが負けたわけではない。この熱帯夜、扇風機だけは絶対に止めん。それが私の最後の抵抗だ。決意を胸に目をつぶる。バサバサ音が響く中、何度も寝返りを重ね、ようやく眠りに落ちかけたその瞬間、額を何かがすっと撫《な》でていった。

「ひっ！」

驚きのあまり声を漏らす私。何が起きたかわからず、かといって何かが起きたとは思いたくなく、ただ息を殺して身を潜める。数秒後、その額を再び何かが優しく撫でる。

「ま、まさか、ゆゆゆゆ幽霊？」

たまらず飛び起き、震える手でつけた電気スタンドに照らされたのは、しかし幽霊などではなく、枕元に積んだ本から垂れ下がる幾本かの栞紐《しおりひも》。扇風機の風に合わせて、絶妙の加減でゆらゆら揺れるそれらを見ながら、私は静かにスイッチを切り、熱帯夜に一人その身を沈めたのであった。

以上が去年の闘いの全貌《ぜんぼう》である。私は敗北し、今年ははなから戦闘を放棄した。バサバサしない扇風機を手に入れるまでは、二度と同じ土俵に立つことはないだろう。

歩く

何か自分の身体にとてつもなく奇妙な事態が起きているのではないか。私が最初にそう感じたのは、いつのことだったろう。

北国が短い夏を迎え、若い娘さんたちがその眩《まぶ》しい肢体を太陽の下で輝かせ始めた頃だったろうか。それともそれから少し後、世間の、主に男性諸氏の目がものすごい勢いでそちらに引きつけられている隙をついて、こちらもこそこそ薄着になった頃だったろうか。

今となっては定かではないが、「何で？」と思ったことはよく覚えている。短パンの裾《すそ》から伸びるおのれの生白い脚を目にした途端、頭上に広がる夏雲のようにむくむくと湧き上がった疑問。「何で？　何でこんなに太いの？」

まあもちろん長年私をやってきている身として、脚が太いくらいでは驚かない覚悟はできている。太いか細いかでいえば、むしろ細い方が驚く。そういう人生を生きてきた。ただ、その心意気とは別の、物理的問題として退化の時を迎えてもいい頃合いではないかとも思っていたのだ。

なにしろ、この十年余りほとんど脚を使っていない。「うちの寝たきりの爺《じい》さんだって間違えてもうちょっと歩くわ！」と友達に怒られたくらい歩いていない。会社を辞めた知人から「私、もう三日も外に出てなくてちょっと不安になってきたんだけど、こういうことってある？」というメールが届いた時には、最初自慢かと思った。四日目には外出る自慢。それくらい歩かないし、動かないし、すぐ車に乗る。

当然のことながら、散歩も嫌い。そもそも意義がわからない。近所の若い旦那《だんな》さんが土日になると犬を散歩させながら、ずっと誰かと電話しっぱなしで、あれ絶対浮気してるよなと思っているのだが、そういった用途以外に、散歩には一体どんな目的があるのか。隣に越してきた佐藤浩市が「お近づきのしるしに散歩でも」と誘って来た時以外に、何か楽しみがあるとでもいうのか。単なる移動のための移動にすぎないのではないか。

川べりあたりをてくてく歩いている人を見かけると、だから、せっかく先人が血の滲《にじ》むような努力をして開発した自転車や自動車を、彼らはなぜ利用しないのだと憤りすらおぼえる。文明の進歩を蔑《ないがし》ろにして、何が豊かな人間の暮らしか。そんなことで死んだ時、あの世の本田宗一郎に顔向けできるのか。歩くな！　とにかく乗れ！　座ったままどこまでも移動しろ！

というような生活を送ってきた末の脚である。てっきり退化したものだと考えていた。

人はいずれ火星人になるのだという。いう、というか昔読んだ子供雑誌にそう書いてあった。文明が発達しすぎて手足の退化した蛸《たこ》のような火星人。その火星人の姿に地球人である人間もいつかは近づくのだ、と。

しかし私の場合はどうやら様子が違ったようだ。見よ、この今までと何一つ変わらない充実のフォルムを。かつて「ジーンズをふくらはぎで穿《は》く女」と言われた栄光そのままの下半身は、今もその過剰なまでのずっしり感を失ってはいない。そして太もも。正座の時、目を瞠《みは》るほどの嵩高《かさだか》さを演出するそれは、下半身強化に励むスポーツ選手の憧《あこが》れの的となるだろう。彼らは言う。

「師匠！　教えてください！　歩かずに太もも回りを太くする方法を！」

「だから歩くな」

世界には癌にならない遺伝子を持つ人々がいるという。もしかすると私も彼らと同じ選ばれた民なのかもしれない。曰《いわ》く、脚が一生細くならない驚異の遺伝子を持つ女。

そして生物の進化と退化の秘密を握る者。人類の未来は私が左右するのだ。

歩くことが嫌いな話を書こうとしたら、思いがけず大それた方向へ話が流れて自分でも驚いているが、もしこれをきっかけに世界中の研究者が押しかけてくる事態になっても、私はひるまない。それが私の使命に違いないからだ。

日本酒

あなたにとって日本酒とは何か。もしそんな質問を受けたなら、私はきっとこう答えるでしょう、それは「幻」だと。追っても逃げる夏の日の逃げ水のように、あるいは夢の中の懐かしくも遠い景色のように、もしくは画面いっぱいの紗《しゃ》の向こうで微笑む朝丘雪路のように、ぼんやりと捉《とら》えがたく儚《はかな》い存在なのだと。

私たちはいつからこんなに遠く離れてしまったのだろう、と今でも酒屋の前で足をとめ、胸を痛めることがあります。

かつて我々は深く愛し合っておりました。私は決して忘れてはいません。まだ発泡酒も第三のビールとやらもなかった学生時代、それまでの無骨な一升瓶を脱ぎ捨て、紙パック姿で颯爽《さっそう》と現れた彼の頼もしさを。女子寮の電気スタンドの下、「清酒」の名にふさわしい透明感でキラキラ輝く彼は本当に眩《まぶ》しかった。

千円の夜景。

当時、私は彼をそう名づけました。冬は温かく夏は冷たく、しかも安価、いつでも私を優しく迎え入れてくれる彼に、若き日の私は夢中だったのです。

しかし、思えば不安定な恋でした。蜜月《みつげつ》を愉《たの》しむ私の胸には、やがて小さな疑問が浮かぶことになります。彼との逢瀬《おうせ》の記憶、それがなぜいつでも朧《おぼろ》げなのか。最初の一杯、初対面のような情熱を秘めたそれははっきりと記憶に刻まれています。再会の喜びを味わう二杯目も。そしてそのまま三杯四杯五杯……で、朝。

そう、気がつけばいつも朝でした。いかなる理由でいきなり時が飛ぶのか、「……」の部分で一体何が起きているのか、そこは普通の恋人同士であれば軽く食事をしてお酒を呑《の》んだ後、「あたし帰りたくない」「俺もだよ」「うふん」というあたりのまさに佳境ではないのか。その佳境部分に、なぜか毎回毎回深い霧がかかっていたのです。そしてそれは私が大学を卒業し、社会人になってからも変わりませんでした。

日本酒は心を開いてくれていない、と私は悲しみました。追えば追うほど「うふん」部分を曖昧《あいまい》にして私から遠ざかる彼。時折浮かぶシーンはどれもが断片的で、起こしても起こしてもなぜか倒れるお銚子、倒れこむ私の前を通りすぎてゆく人々の足、デスマスクを取ろうと顔を突っ込んだ雪の冷たさ、その拍子に壊れるメガネ、タクシー運転手の「お客さん！　寝ないで！　寝たら死ぬよ！　というか交番行くよ！」という悲痛な叫び。そんなものが脈絡もなく浮かんでは消えるばかりでした。

愛し合っているはずなのに姿の見えないもどかしさに、私は涙しました。たとえばビールは違います。「ぷはーっ」の瞬間も、徐々に盛り上がり乱れていく過程も、酔っ払った友達からおでこに「肉」と書かれた憤りも概《おおむ》ね覚えているのです。日本酒だけ。日本酒との時間だけが私の中から幻のようにするりと消えるのです。

なるほど、終わりは必然であったのでしょう。ある逢瀬の翌朝、なぜか台所で目覚めた私は、食べた覚えのないラーメンの残骸《ざんがい》や汚れたままの鍋《なべ》を前に唐突に別れを決意しました。

「このままではいつか家燃やすもの」

二日酔いで目玉ぐるんぐるんさせながら下したその判断は、悲しいけれど正しかったと今も信じています。最後は家のために別れねばならなかったロミオとジュリエットのような私たち。こうして禁断の恋は幕を閉じたのです。

あれから十年以上の年月が流れました。寂しくないといえば嘘になります。再会の誘惑もありました。けれども歳をとって燃えあがる恋の厄介さ、ましてや焼けぼっくいについた火がどんな大火事をもたらすかは、「同窓会」がどれだけ多くの家庭に波風をたてているかを考えればわかるというものです。

私はもう二度と彼に会うつもりはありません。かつての激しい恋の思い出だけを胸に生きていきます。それでも私は十分幸せなのです。さよなら日本酒。ジュリエットより。

裁縫

　これは高校生活最大のピンチかもしれない、と私は放課後の家庭科室で考えていた。冬の日だった。弱々しい日差しが教室を照らし、作業用の長机を照らし、その上に広げた課題のブラウスを照らしていた。ブラウスは先週家庭科教師に提出し、そしてついさっき突き返されたばかりのものだ。「逆だから」と、それを私に手渡しながら教師は言ったのだった。「ここがほら、逆だから、ね、来週までにやり直して」

　はい、と答えたのかどうだったか。少なくとも素直に頷《うなず》けるような状況ではなかったことは確かだ。問題は二つあった。一つは彼女の言う「ここ」がどこであるかがまったくわからないこと、もう一つは何がどう「逆」なのか見当もつかないということであった。

　私は途方に暮れ、自分が縫い上げたブラウスを改めて眺めてみた。白い、シンプルな制服用の丸襟ブラウス。しかしそれは、何度見返しても「どこかが逆」であるようには見えなかった。あえて言うなら「全体的に変」であった。

変であることはとうに知っていた。いや、むしろ変ではないものが出来上がる要素がなかった。採寸すれば途中で飽き、型紙に起こせばどこかが歪《ゆが》み、裁断の際には容赦なく曲がり、しつけ縫いしようと思えば縫い代が足りず、というか型紙のどことどこを縫い合わせれば正解なのかパズル並みに勘が頼りで、おまけに玉結びは苦手、ようやくたどり着いたミシンは暴れ馬のように暴走した。私を一人置き去りにして、草原の彼方《かなた》へとうねうね走り去った馬の後ろ姿を私は生涯忘れないだろう。

そうした末に完成したブラウスであった。私はおのれをよく知っている。もしまともなものが出来上がったとしたら、それは裁縫ではなく魔法であろう。実際、襟の形は微妙に非対称で、縫い代がないところを無理に縫ったせいか、前身頃は大きさ自体が左右で若干異なっていた。その不具合をボタンで取り繕おうとしたため前合わせ部分がたるんでいるのは仕方ないとして、それをとめると脇が引き攣《つ》れて後ろ身頃までが前に現れるのはどういったサプライズか。ちなみにボタンといってももちろんあれだ、ボタンホールの始末が面倒なので全部スナップだ。おまけにこれは着てみた者にしかわからないが、左袖《そで》が異様に細くて肘《ひじ》から先がうまく入らない。

もちろん叱られる覚悟はできていた。「着られない服は服じゃないでしょう」とバッサリ斬られる用意はあった。しかし、教師が指摘したのはそこではなかった。彼女はただ「逆」だと言った。この、洋裁として、あるいは洋服として、もしくは課題を提出する立場の人間として、致命傷につぐ致命傷的にダメと思われる部分すべてを差し置いての「逆」。それのみを問題にしたのだ。

「ここがほら、逆だから」

耳元で蘇《よみがえ》る教師の声に私は戦慄《せんりつ》する。なんだか知らないがそこまで逆なのか。着られない洋服を縫ったことよりも重大な何かがそこまで逆なのか。

気がつけば、家庭科室に私は一人だった。陽は傾きかけ、机の上のブラウスも薄暮に沈んでいく。私は怯《おび》えていた。自分が意識せぬままとてつもない「逆」を生み出していたことに、そしてその「逆」を退治する術《すべ》もなく、高校生活最大のピンチを迎えていることに。

心細さに押し潰されそうになる。数分後、天啓のようなひらめきを得た私は、剣道部の部室に駆け込み、友達のヤスコから既に提出・返却・A評価済みのブラウスを借りることで「逆」問題をねじ伏せることになるのだが、この時はまだ何も知らず、ただ震えながら沈みゆく太陽を見つめていた。

あの日見た夕暮れの心細さは、今も記憶から消すことができない。そして、大人になった今も何が「逆」であったかわからないままなのである。

やぎさんゆうびん

その山羊《やぎ》は森の中の小さな丸太小屋に住んでいた。いつどこから来たのか、自分でもよくわからない。どうしてそこにいるのかもわからない。けれども気がついた時には彼は独りだった。ずっと独りで森の丸太小屋に住んでいた。

丸太小屋からは細い道が延びている。彼以外ほとんど誰も通ることのない道だ。道は大きな湖まで続いていて、彼は毎日そこを通って水浴びに行く。前だけを見て黙々と歩くこともあるし、道端の草を食べながらのんびり行くこともある。草の名前は知らない。ただ晴れた日が続いた後の、乾いた草の匂いはすごく好きだ。

湖はとても広い。小屋から続く道は湖畔で別の小道と合流し、湖を半周したあたりでまた森の中へ消える。水浴びをしながら、彼は時々その道のことを考える。あれはどこへ繋《つな》がっているのだろう。誰かの丸太小屋だろうか。もしかすると、そこには僕のような誰かがいて、僕のように水浴びをしたり草を食べたりしながら独りで暮らしているのだろうか。それとも本当はどこへも繋がってはいないのだろうか。年に何度か降る雪のように、森の途中であとかたもなく消えているのだろうか。

その道の向こうに白い影が現れた時、だから彼はとても驚いた。驚いて、声をかけることも駆け寄ることもできなかった。体からポタポタと雫《しずく》を垂らしたまま、影が近づいてくるのをじっと見ていた。

影は最初、彼自身のように見えた。体つきも目の形も鬚《ひげ》の長さも、すべてがいつも湖面に映る彼と同じだったからだ。違うのは、毛の色だけだった。

「やあ」

と真っ白な鬚を震わせて、影は彼に言った。「素敵な黒い毛皮だね」

彼はにっこり笑って答える。

「君の真っ白な毛も素晴らしいよ」

彼らはそうして友達になった。生まれて初めての友達だ。

友達ができてから、彼の身には不思議なことがいくつも起きた。わけもなく胸が温かくなったり痛くなったりした。自分が強いのか弱いのかもわからなくなった。世界が燃えてしまいそうな赤い入り日も、空が割れてしまいそうな雷鳴も、あの道の向こうに友達がいると思っただけで、ちっとも怖くはなくなった。そのくせ世界が寝静まった夜更け、この降るような星空の下にいるはずの友達を思っただけで、なぜだか泣きたくなった。

どうしてだろう、と彼は涙を浮かべて思う。僕には友達がいるのに、どうして涙がでるのだろう。どうして胸が痛むのだろう。寂しいという言葉を、彼は知らなかった。

そんなある日、彼のもとに一通の手紙が届く。友達からの手紙だ。彼しか歩く者のなかった小道を郵便屋さんが通る。それだけで彼は嬉《うれ》しさのあまり踊りだしそうになる。

友達からの手紙。友達からの手紙。友達からの手紙!

受け取った封筒を抱きしめ、少し湿った鼻先にそれを押し付ける。友達の毛と同じ真っ白な封筒からは、優しい匂いがする。懐かしいようなくすぐったいようなまるで友達そのもののような、とてもいい匂い。

何だろう。ああそうだ、あの乾いた草の匂いと同じだ。

そう思った瞬間、彼はその手紙をモグモグと食べている。封を開ける間もなく、一気に口の中に押し込んでいる。友達なのに。友達からの手紙なのに。初めての友達からの手紙なのに。声をあげて泣きながら、しかし彼は食べるのをやめることができない。

どれだけの時間が経ったろう。彼は震える蹄《ひづめ》でペンをとる。自らの罪を悔い、目の前の便箋《びんせん》を食べないように必死になりながら、泣きはらした目で友達に便りを綴《つづ》る。ありったけの思いをこめた、絞りだすような言葉。

「さっきの手紙のご用事なあに」

けれども、それを受け取る白山羊さんも、やがて読まずに食べるのだ。

果てしないもの悲しさと怖さを知りたければ、「やぎさんゆうびん」を歌うといい。今も善良で愚かな二匹の山羊が、お互いの友情を信じつつも、永遠に読まれることのない手紙を送り合っている。その哀れな事実と、山羊からここまで理性を奪ってしまう紙というものの恐ろしさを前に、我々は言葉を失くすだろう。

美人

美人を前にすると挙動不審に陥るのは、「おのれと似て非なるもの」を恐れるからでしょうか。鼻があり、口があり、てっぺんからは毛が生えている。構造的には自分とそっくりでありながら、しかしその実どこかが根本的に違う。そういう存在を、私は無意識のうちに恐れているのでしょうか。

そもそも目を見ることができません。美人の目を見ると、その瞬間に心を丸ごと読み取られてしまうからです。唐突だとお思いでしょうか。しかし彼女たちの美しく澄んだ瞳《ひとみ》に見つめられたが最後、胸が異様に高鳴り、頭の芯《しん》が痺《しび》れ、私は自分自身さえ気づいていない心の暗闇をあぶり出されるような気持ちになるのです。

知られてしまった、と私はうろたえます。私の暗闇、「花」とか「星」とか「お嫁にいくお隣の娘さんのために羽を抜いて機を織ってあげましょう」といった善良部分ではなく、「カネ」とか「エロ」とか「ゴミ出しルールを守らないあの近所のババア、いつか頭からカラスに食われりゃいいのに」といった暗闇を、目の前の美人に知られてしまった。私はうろたえ、慌てて目を逸《そ》らします。彼女たちの眩《まぶ》しさに比べてあまりに汚れたおのれの心を恥じているのです。ババアを倒すため、全力でカラスに加勢しようと思っているどす黒い心を。

もちろん、彼女たちが純真無垢《むく》な天使だというわけではありません。むしろ美しさゆえに降りかかる多くの苦悩を味わってきたことでしょう。

上司からはセクハラを受け、同性には妬《ねた》まれ、長年の男友達は酔って突然キスを迫り、道を歩けば十メートルごとにナンパされてちっとも前には進まない。笑うと「美人を鼻にかけている」。怒れば「きれいだからとお高くとまっている」。仕方なく黙ると「美人なのに可愛げがない」。ああ、美しいって何だろう、そこに一体どんな意味があるのだろう、と涙ながらに月に語りかけ、いっそ美人をやめて一介のブスとして生きていこうと決意しても不思議ではない日々を送ってきたはずです。

けれども実際の彼女たちは、今も変わらず美人のまま。どんな理不尽の前にも美しさは揺るがず、あまつさえ優しく笑ったりする。その事実に私は感嘆すると同時に、ふと恐怖を覚えずにいられないのです。

もしや彼女たちは利用されている？

その名は「薔薇《ばら》の穴」。富士山の裾野《すその》にある闇の組織「薔薇の穴」では、とびきり美しく生まれた赤ん坊を世界中から集め、特殊教育を施したのち、「薔薇の穴」での記憶を消して世に送り出すのです。見る者を虜《とりこ》にする笑顔、言い寄る男たちをバッサバッサと斬り捨てる潔さ、たとえ理不尽な目に遭ってもくじけない強さ。美人として生きていくための基本を彼女たちはそこで身につけますが、しかし当然のことながら「薔薇の穴」の真の目的はそれではありません。

暗黒面による世界支配。

あの澄んだ瞳で人の心の邪悪さを暴きだし、暴きだした邪心を一箇所に集めることで巨大な暗黒面を作り出す。世界を覆う黒い心はやがて人々を蝕《むしば》み始め、人類を一人残らず悪の道へと引き入れることでしょう。もしすべての人間が悪の手先になったら誰から何を搾取すればいいのか、という問題はあるにせよ、「薔薇の穴」の最終目的が邪悪さによる世界征服であることは間違いありません。私はそれが怖いのです。私に潜むゴミ非分別ババアへの執念が、やがて世界を覆ってしまうのが。

美人たちに罪はありません。そしておそらく私にも罪はない。私はただおのれと似て非なるものの存在に戸惑い、背後に見え隠れする闇の組織に怯《おび》えているだけなのです。どうかそっとしておいてください。

店員

彼女は一体何者なのだろう。凍えた冬の道を歩きながら、私は一人考えている。ドラッグストアを出た時にはあたりは既に薄暗く、細かい雪が降っていた。一歩足を進めるごとに靴の下で雪が小さく鳴る。ポケットの中の手はとても冷たい。覚えているの始まりは覚えていない。いや、始まりなどなかったのかもしれない。覚えているのは進化だ。買い物に行くたび、私の手をぎゅっと握るドラッグストアの店員。最初は釣り銭を渡す時だけだったそのぎゅっが、いつしかポイントカードの返却時にも「ご利用ありがとうございました（ぎゅっ）」、商品の受け渡し時にも「またお越しくださいませ（ぎゅっ）」と頻発されるようになり、やがてはそこに慈母のような微笑みまでもが加えられるようになった。目が合うと、すべてを包み込むような優しい眼差《まなざ》しで私を見つめる彼女。私はただ戸惑いながら、目を逸《そ》らすことしかできなかった。意図を問うたことはない。ただ、この人は誰だろうと考え続けていた。この人は誰だろう。なぜ私の手を握るのだろう。なぜ笑っているのだろう。もしかするとスズメだろうか。いや、だから小学生の頃、空き地で動けなくなっていたスズメを助けたことがあるのだ。まあ助けたというかすぐに死んでしまったけれど、当時「野鳥が死ぬのは人類滅亡の前兆」だと上級生に吹きこまれていた私は、人類救済の意味もあって、冷たくなっていくスズメを必死に温め続けた。あの時のスズメが人間に生まれ変わって私を探し出し、「ありがとうチュンチュン（ぎゅっ）」と感謝の意を伝える。今、そんな感動の再会が目の前で起きているのだろうか。

まさかとは思いつつも、私は何度か彼女にスズメの面影を探そうと試みた。特徴的な茶色のおでこをしてはいないか、頰に丸いグリグリ模様はないか、髪の毛が羽毛っぽくはないか。しかし、メイク技術の進歩も相まって、どうにもよくわからない。というか、正直いって人間にしか見えない。そうこうしているうちに目が合い、にっこりと微笑まれ、手を握られる。「ご利用ありがとうございました（ぎゅっ）」

私は怯《おび》えた。意図の見えない行為はどこか恐ろしく、なにより事態はエスカレートしていたからだ。一度のぎゅっが複数回のぎゅっとなり、やがてにっこりまでもが加わる。今までの経緯を考えると、到底ここで終わりとは思えなかった。

別れ際に投げキスを贈られる。メールアドレスを尋ねられる。カゴの「やきそば弁当」がいつのまにか大盛りサイズになっている。恩返しの米俵がレジでそっと差し出される。

想像しうる様々な可能性に怯え、しかしそれでも私は店に通った。ビールを切らせばふらふらとビールを買いに、洗剤がなくなれば「重いんだよ！　ビールは重くないけど洗剤は重いんだよ！」と文句を言いつつ洗剤を買いに、私は店に通い続けたのだ。

案の定、やがて事態は新たな段階に突入した。予想どおりといえるが、しかし同時に予想外でもあった。最初、私はそれを単なる世間話だと思い込んでしまったのだ。彼女は私の手を握り、にっこり笑いながらこう言った。「あ、冷たいですね」。私は頷《うなず》いたのだと思う。「ええ」と答えたかもしれない。いずれにせよ深く考えずにその場を離れた。カミングアウトだと気がついたのは店を出てからだ。冷え切った手をポケットに入れ、雪の中を歩き始めた時、私は唐突に悟ったのだ。あれが彼女の「今度は私があなたを温める番ですチュンチュン（ぎゅっ）」という告白だったことを。

凍えた冬の道を私は一人歩く。気持ちは混乱し、同じ疑問ばかりが浮かんでは消える。彼女は一体何者だろう。スズメだとは思うが、本当にスズメだろうか。私たちはどこへ向かうのだろう。米俵はいつ渡されるのか。答えは出ない。

耳

食パンの耳について、「いっそ皮ならよかったのに」と感じたことのない人間を私は信用しない。どう考えてみても、あれは皮であるべきだった。皮であることで、今現在我々の身に降りかかっている数々の混乱を、あらかじめ避けることができたはずだった。

何の話かというと、だから『耳問題』である。

食パン界を翻弄《ほんろう》する耳問題。その本質は「耳もまたパンである」という一点にのみあると私は考える。パンでありながら、人々が思い描くパンとは、色も食感も味さえも異なるという事実。トーストを欲する時、あの茶色くモソモソした耳部分をイメージする人はおそらくいまい。だが、「これは何でしょう」と目の前にパンの耳を突きつけられた時、「パンではありません」と答えることのできる人も、また同じようにいないはずだ。

パン本体ではないが、かといってパン以外の物でもありえない。本能ではパンとは認めたくないが、理性ではパンだと理解している。耳のもたらすこの葛藤《かっとう》こそが、食パン界の耳問題を必要以上に複雑化させているといえよう。

葛藤は非常に早い時期、つまりは食パンに対するスタンスが確立する以前の幼少期に、多くは親によって植えつけられる。「耳もちゃんと食べなさい」。何気ないこの一言が始まりだ。もちろん一度で納得できる者などほとんどいないだろう。人が本来食パンに求める、内陸部分のふもふもした味わいと、大人が食べろと命じる沿岸部分のそれは、あまりに違い過ぎるからだ。

当然、抵抗を見せる者もいる。内陸部だけをほじるように食べ、そこから顔を覗《のぞ》かせて大人に叱られる者が現れる。あるいは耳部分だけをちぎり取り、近所の犬に勝手に食べさせては、飼い主に怒鳴り込まれる者もいる。

だが、結局のところ抵抗は長くは続かない。食べ物を残すべきではない、あるいは粗末にしてはならないという絶対正義の前では、人はあまりに無力だからだ。貧困、飢え、格差。抗《あらが》えば抗うほど事態は広がり、もうそれは個人の手に負えるものではない。結局、後に残るのは葛藤と、ひたすらの混乱だけだ。

パンの耳をどう扱うべきか。

正解のない暗闇の中で、誰もが迷いながらパンの耳とともに生きている。恋人たちはトーストの食べ方をめぐって小さな諍《いさか》いを繰り返し、街には切り落とされた耳をすべて「なかったこと」にするパン屋と、あえて耳だけを袋詰めにして商品とするパン屋が激しく混在している。どちらがどうというわけではない。ただ、「耳もまたパンである」という無慈悲な事実がもたらす混乱の大きさに、私は戦慄《せんりつ》せざるを得ないのだ。

どこで間違えたのだろう、と私は思う。「皮」であるべきだった。パンの耳はやはり皮であるべきだったのだ。思い出してほしい。皮に対する世界の優しさを。果物であろうが野菜であろうが魚であろうが、それが皮である限り、人は驚くほど寛容になれる。剝《む》いて打ち捨てることに何の抵抗も覚えず、かと思えば鮭やリンゴの皮を好んで食す人へも等しく理解を示す。カワハギに至っては、剝《は》がしてからが本番だ。

皮はいい。穏やかで平和な世界がそこには広がり、バナナの皮を残したからといって「世の中にはお腹をすかせた子供が……」などと言い出す者はいない。皮の前で人々はみな笑顔だ。

今からでも遅くはない。食パンは「耳」を「皮」に改名すべきである。そうすることで、食パン界が長年抱えてきた耳問題は解決し、私も『角問題』から解放されるであろう。角問題とは何かというと「実は私は耳が好きでも嫌いでもなくて、食パンの角が嫌」という今更な事実であって、ここまで書いてきて何をとお思いでしょうが、いずれにせよ耳がなくなれば角もなくなるのだ。食パン界の英断を待ちたい。

塔

たとえば眠りにつく直前、途切れそうになる意識の中で私は古い塔のことを考える。昔、絵本で見た、巨大な塔だ。雲に届きそうなほど高く、尖端《せんたん》には小さな三角の部屋。その部屋に私は男と住んでいる。閉じ込められているのだ。

もちろん男はそうは言わない。

「ぼ、僕は君を助けたんだ。君だけを、た、助けたんだ」

わけのわからないことを時折おずおずと訴える男の声は甲高く、顔はとても醜い。私は男を心の底から憎んでいる。男も憎まれているのを知っている。それでも私たちは二人で暮らしている。

塔での一日はいつも同じだ。

朝食はかたいパンとチーズと牛乳。昼食はそれにトマトが、夜は燻《いぶ》した肉がつく。食事中、私は一切口をきかない。男の毛むくじゃらの指がパンをちぎるのを見るのが

嫌で、顔をあげることもない。そんな私に、

「か、かわりばえしないものばかりで悪いね」

と上ずった声で男は言う。「で、でもほら下界は遠いし、街にはもう誰もいないから」

妙に弁解がましい男の言葉が真実かどうかは確かめようがない。塔での記憶はひどく曖昧《あいまい》で、私は何も覚えていないし、わかっていない。わかっているのは、もう二度とここから出ることはできないだろうということだけだ。

午後になると、私は散歩に出かける。散歩といっても、私のために男が作ったという窓のない外回廊を、飼い馴《な》らされた動物のようにただ回り続けるだけだ。

「徹夜で作ったよ。こ、ここの暮らしで君が退屈しないように」

自慢げに言う男の笑顔はぞっとするほど醜く、おまけにその回廊の床にはいくつもの隙間が開いていた。私は毎日そこから遥《はる》か下に霞《かす》む街を見下ろす。あの街に住んでいた時のことを、少しでも思い出したいと願うからだ。けれども街はあまりに遠く小さく、男の言うように本当に誰もいなくなってしまったのか、あるいはすべてが男の嘘なのかは判断がつかない。時々、何かが動いたような気がして目を凝らすこともあるが、それは決まって鳥の影だったり、太陽の光を反射する川面《かわも》だったりした。

月に何度か、男は塔を下りる。回廊から繋《つな》がる長い螺旋《らせん》階段を軽々と駆け下りていく男の曲がった背中を、私はそのたびに見送る。二度と帰ってくるなと呟《つぶや》くこともあるし、何も思わないこともある。一度だけだが、後を追って自分も街に戻ろうとしたこともある。

けれども結局、私は地上にはたどり着けなかった。途中で足がすくみ、進むことも戻ることもできなくなってしまったのだ。あの時、空に浮かぶ幻のような階段にしがみつきながら、私はなぜか幼い頃に読んだ絵本のことを思い出していた。魔物の棲《す》む塔に上り、二度と地上には戻れなくなった人間の話。彼女は最後、塔から落ちて死んでしまう。

ごうごうと、ひっきりなしに風が吹いていたのを覚えている。剝《む》き出しの階段は、そのたびに撓《たわ》むように揺れた。すべてが霞み、涙ばかりがあふれる。突風は今にも私を下界へ突き落としそうだった。男が帰ってきたのはそんな時だ。大きな荷物を背に、まるでピクニックのような足取りで階段を駆け上がってきた男は、涙を流して蹲《うずくま》る私を見て一瞬ぎょっとした。立ち止まった男の唇が動く。何を言ったかはわからない。ただ居心地悪そうに差し出された男の手、おぞましい毛むくじゃらのその指を、私は初めて静かに摑《つか》んだのだった。

男が下界へ下りた日の夕食は、燻し肉が一枚多い。嬉《うれ》しくもなんともないそれを無言で食べて、私たちはそれぞれベッドに入る。夜は好きだ。醜い男の姿が見えなくなるから。闇に身を委ねていると、自分がここではないどこか別の場所にいるような気がしてくる。

たとえばそれは、見たことも聞いたこともない遠くて寒い国。街のどこにも塔はなく、そこで暮らす男もいない。私は自由に生きている。チーズは食べず、燻した肉も牛乳もトマトもかたいパンも口にしない。散歩なんか大嫌いだと公言し、高いところには決して上らない。けれども笑って暮らしている。

眠っているとばかり思っていた男が話しかけてくる。

「あ、あのね、街にはやっぱり、だ、誰もいなかったよ」

私は答えない。ただ静かに目を閉じ、塔のない世界について考えている。

それぞれのその後

【もの悲しい秋の夕暮れ】

三年前の冬、父の兄である本家の伯父が亡くなった。持病はあったものの、前日まで自宅でいつもどおり暮らしていたのだが、夜、布団に入ってそのまま息を引き取ったのだそうだ。

遠方のため、父が一人で葬儀へと向かった。到着したのは仮通夜《つや》の日。伯父は自宅に安置されており、慣れない飛行機旅の疲れもあって、父は伯父と襖《ふすま》一枚隔てた部屋で一人先に眠った。目が覚めたのは真夜中である。トイレに立つと部屋の隅に人の気配がする。ぎょっとして振り向いたら、伯父がいた。無言のまま、じっとこちらを窺《うかが》うように立っている。

様々なことが頭に浮かんだという。何か言い残したことがあるのだろうか。あるいは急なことだったから、自分が死んだことに気がついていないのだろうか。それとも久しぶりに会った弟との再会を楽しみたいのだろうか。いや、ひょっとすると迎えに来たのかもしれない。一人であの世へ行くのは寂しいと道連れを探しに現れたのだ。

どれくらい見つめ合っていただろう。腰が抜けそうになりながらも、ついに父は勇気を振り絞っていった。

「だめだ！　こっち来たらだめだ！」

しかし伯父はそんな父の声など聞こえる風もなく、ただひたすら父を見つめ……って、まあおわかりのとおり、それは伯父ではなく姿見に映った父自身の姿であり、母といい父といい、この夫婦は一体何をやっているのだとつくづく思うが、一つだけ確かなことは、この二人の間に生まれた私は、いずれ自分を妹と見間違えて、

「いつ死んだの？　今日？」

などとガラスや鏡に映った自分に尋ねる日がきっと来るということである。心の準備だけは怠らないようにしたい。

【ぱなし人からの挑戦状】

この後、何度か「丸めたまま干す」作戦を遂行したが、父はとりたてて何も思わな

かったようで、結局私の方が気持ち悪さに耐え切れず、失敗に終わってしまった。繊細は鈍感に永遠に勝てないという意味において、これは「『細かいルールなんて決めなくても、掃除や食器洗いは気がついた方がやればいいんじゃない？』と言い出した方が永遠に『気がつかない方』である」という法則と似ている。と今ふと思ったが、本当に似ているかどうかはわからない。（ちなみにこの後、洗濯人の役目は私と母の間をめまぐるしく移り、しかし今もぱなし星人だけは、いきいきと「ぱなし」ている）

【混乱のゴミ問題】

あれほど私の中に混乱を招いたゴミ有料化も、今やすっかり市民の間に定着してしまった。とはいえ、やはりいくつかの問題はもやもやと私の胸にくすぶり続けている。

ケンさんと奥さんの復縁状況。

ケンさんの再就職。

赤ん坊の認知と養育費について。

あれ以来ほとんど姿を見せない「ミーゴス」の消息。そんな「ミーゴス」関連に割く予算があったら、指定ゴミ袋の値段をもっと低く設定した方がよかっただろ絶対、の市民としての要望。そして、五月みどりは鏡に映った自分を小松みどりと間違えて話しかけたりはしないのか問題。

こうしてみると、まだ何も解決していないのだと感じつつ、しかしそれでも私は日々ゴミを分別し続けている。現代社会に生きる者の悲しい性であろう。ちなみにうちの父は以前、ゴミを「硬いもの」と「柔らかいもの」とに分ける独自の分別方法を駆使して私に注意されていたが、有料化に伴った分別の細分化でますます混乱し、現在はどうやら「大きいもの（燃やせない）」「小さいもの（燃やせる）」「薄いもの（紙・ビニール）」の三種類に分けて考えているようである。父なりの細分化基準が設けられていて笑えるが、その間違ったゴミをいちいちチェックしなければならないので本当は笑えない。

【体脂肪と私】

この時受けた天啓により、長らく体重計を見ない生活を続けていた私であるが、一体どんな運命のいたずらか、今年の春、ついに強制的に体重測定を求められることになってしまった。場所は病院。MRI検査のために必要だと看護師さんに告げられ、心の準備が何一つできないまま数年ぶりに載った体重計が示した、驚愕の数字は……？　次回、「公子、あまりのショックに閉所恐怖症すら忘れ、恐れていたMRI検査を茫然《ぼうぜん》自失のうちに無事にクリアするの巻」をお送りします！　お楽しみに！

というくらいの衝撃を受け、家に帰ってから覚悟を決めて改めて体重測定に臨んだところ、体重はおそらくこの原稿を書いた当時より十キロ近く増えており、しかし体脂肪率は四％ほど落ちており、落ちておりといっても人並み以上であるわけだが、いずれにせよ、ますます自分の身体の中で何が起きているかわからなくなったのである。もう何も信じない。

【テレビクライシス】

これを書いてからほどなく、まるで自分の使命は終わったとばかりに、完全にテレビは壊れてしまった。もう何をどうしても動かない。光も差さなければ言葉も発しない。黒柳徹子の「それでどうなさったの、あなた」も聞こえない。

私は、その亡骸《なきがら》のような筐体《きょうたい》に涙をほろりとこぼし、「最後の最後まで私のために頑張ってくれて、ありがとう。私にとってのテレビはあなた一台。あなたの思い出とともにずっと生きていく。もう新しいテレビなんて一生要らないわ」と呟いたかというとそんなはずはなく、電器屋さんにすっ飛んでいって新しいのを買った。新しいテレビはとても快適です。


【干畳】

先日、洗濯物を自動で畳んでくれる機械が開発されたというニュースを目にした。長かった。ついにこの日が来たと思った。

洗う。すすぐ。絞る。干す。畳む。しまう。

それらすべてを機械が行う日。私が初めて「全自動洗濯機」の言葉を耳にした時に思い描いた世界がようやく実現したのだ。世の中がいよいよ私に追いついた。そう胸を高鳴らせながら勢い込んで記事を読み込んだら、なんとこれがあなた、思っていたのと全然違うではありませんか。

まあ、時間がかかるのは仕方がない。Tシャツを一枚畳むのに三〜五分かかるらしいが、慣れないことをやるのは誰だって時間がかかるものだ。私は生まれてから一度も洞穴を掘ったことがないが、今から洞穴を掘ろうとするとても時間がかかるだろう。だから、それはいいのだ。だが、やはり「全自動」の幅が予想より狭い。そもそも名前からして妙だった。

「全自動洗濯物折り畳み機」

洗っていない。洗っていないし、すすいでいないし、絞っていないし、干していない。どうやらそこまでは従来の全自動洗濯機に任せ、その先を担当するということらしい。全自動と全自動の合わせ技で、新しい全自動を目指すということか。

引き出しに乾いた洗濯物を入れる。するとそれを一枚一枚畳んで棚に分類してくれる。なるほど、便利だ。便利だが、シーツなどの大物はだめらしい。あと靴下や下着もまだ難しく、ワイシャツは畳んでくれるが、ボタンを三つとめておかなければならないそうだ。

微妙だ。微妙な便利だ。一度はがっかりしかけたが、それでもやはりこれは偉大な進歩だと気を取り直す。人類はとうとうここまで来た。本当に頑張ったと思う。私は何一つ貢献していないが、心の底から応援はしていた。ここまで来たら、一日も早く真の意味での全自動洗濯機を実用化してもらいたい。その際には、商品名に「干畳」を使ってもらっても構わないくらいの気持ちはある。

全自動洗濯機『干畳』

いい名前ではないか。何と読むか知らないけれど。

【方角】

もう何十年も利用している銀行の駐車場から家に帰る時に必ず道に迷ってぐるぐるするのと、もう何十年も住んでいる街の区役所の中で来た道がわからなくなって毎回ぐるぐるするのと、今となっては多くは望まないのでそれだけはなんとかしたい。

【牡蠣《かき》】

牡蠣は貝ではないという悟りを開いてから数十年、再び私は新たな悟りを開いた。

牡蠣は貝である。

いや、なんか知らないが、ある時突然食べられるようになったのである。いつも「ハズレ」の味であった牡蠣が突如「アタリ」として目の前に現れた喜び。私は浮かれた。浮かれて様々な牡蠣を食した。生も焼きも蒸しも揚げも、すべての牡蠣に手を出した。幸せな時間だったと思う。だが、それは長くは続かなかった。二年ほど経った頃であろうか。私は牡蠣に関して、またしても新たな悟りを開くこととなったのである。

牡蠣は貝だが、私は牡蠣とは合わない。

あたったわけではないのに、食後に具合の悪くなる率が上がったような気がする。何度か試したが、やはり体調不良率が高い。これは身体が拒否しているのではないか。認めたくはなかったが、体質という新たな視点で牡蠣と向き合うと、すべてが腑に落ちる気がした。私と牡蠣とは決して共には生きられない。そう受け止めるしかなかった。

かくして今、私は再び牡蠣と離れる生活を送っている。仕方がないので、ブルーレイレコーダーは自力で買った。

【店員】

雀疑惑のある店員さんは今も同じ店で働いており、レジではやはりぎゅっと手を握ってくる。だが残念ながら、未だ一向に恩返しの気配はない。さりげなくビール好きをアピールしてみても、「おや？　カゴの中にいつのまにか買った覚えのないビールが！」ということはまったくなかった。ビールは目立つからだろうか。もしそうだとしたら、その場合は市の指定ごみ袋でも構わないことは明らかにしておきたい。あれほんと高いから。

【塔】

この話は私の嫌いなもので出来ている。高いところ、かたいパン、チーズ、牛乳、燻製《くんせい》、散歩、強い風。

連載の最終回ということで、「苦手」をいくつも散りばめた話を書いたのだ。本当ならここに「ＭＲＩ検査」を加えたいところだったが、この話のどこにＭＲＩの入り込む余地があるのか思いつかなかったので諦めた。無念である。男の名前を「ＭＲＩ」にすればよかったかもしれない。

解説

小路《しょうじ》幸也《ゆきや》

（筆者註《ちゅう》：この文章にはTwitterにおける私と北大路公子大《だい》先生の日頃のつぶやきや関係性を知らないとわけのわからない表現がかなり散見し、さらにとても文庫解説の体《てい》を成していませんが、我慢して読んでください）

まず内情をバラすところから始めたい。

ＫＡＤＯＫＡＷＡさんの北大路公子大先生担当編集ガールから、この文庫解説の依頼メールがあったのだが『実は、文庫用の新たな書き下ろし原稿を北大路先生にお願いしているんですが、例によって遅れてまだなんですっ！　てへぺろ♡』と、書いてあった。

つまり、この原稿は文庫用書き下ろしの北大路公子大先生の流麗且《か》つ端麗なエッセイは読まずに書いていることを、まずは読者諸氏にお詫《わ》びする。大先生の遅筆はもはや至高の芸の域にまで高められているのはむろん承知だし、エッセイ集なのだからそのうちの一本や二本は読まずとも解説原稿は充分書けるので安心していただきたい。

と、たった今、この原稿を書き上げて寝かせてそろそろ送ろうかなと思っていた矢先に編集ガールから『あっ、そういえば北大路先生から書き下ろし原稿頂いていました！　うっかり送るの忘れていちゃってごめんなさい！　てへぺろ♡』と、メールが来た。これで全部完璧《かんぺき》に読んでこの原稿執筆に専念できるが既に書き終わっているのでこの数行以外に付け加えたものはないです（なお、編集ガールからのメールの文章に関しては私が意訳していることをご了承頂きたい）。

次に、私と北大路公子大先生との関係について述べたいが、特記するようなことは実は無いに等しい。

同じ北海道に生まれ（年齢差は二歳）、同じ札幌圏で同じ時代に同じ季節を過ごし同じ空気を吸って、同じ文筆業で世に名を広く知らしめる、ところまでは身を立て切れていないまでも、彼女はビールを買うために私は豆パンを買うために日銭をコツコツと稼いでなんとかここまでやってきた。と、いう具合に共通項は多々あるのだが、関係性は無いに等しい。実は学校の先輩後輩ですぅ、とか、子供の頃にはご近所さんだったよねー、とか、共通のやくざな友人がいるのは内緒にしておこう、とかも一切、無い。

今までに顔を合わせたのもたった三回しかなく、その内の二回は私のサイン会に何の予告も通告もなく北大路公子大先生が〈にやり〉と笑って現われたとき（その節は本当にありがとうございました。大先生のサイン会には行けなくて申し訳ありませんでした）であって、もう一回は桜木紫乃《さくらぎしの》さんと乾《いぬい》ルカさんという札幌圏屈指の女性作家を加えて男は私一人でこれはいったい何のプレイかという座談会だった。従って今までに顔を合わせた時間を合計するとたぶん三時間もない。交わした会話を四百字詰め原稿用紙に換算すると一枚ぐらいだろう。

【ここで素に戻って話をすると、北大路さんは札幌で長年ライターとして活動し、私もずっと広告業界で働いていたので、おそらく共通の仕事仲間や友人知人は数多いはずだと気づいてはいたのだが確かめたことが今までなかった。この解説を書くに当たって友人である札幌の古株コピーライターT氏に電話して確認したところ、一分話しただけで共通の知人を三人ほど確認できた】

にもかかわらず、もう既にお気づきのことと思うがこの文章で私は〈北大路公子大先生〉とこれで五度も書き連ねている。私のMacBook Proで〈きた〉と打つと予測変換の第一位は〈北大路公子大先生〉だ（これで六度目）。三分の一は親しみを込めてのジョークなのだが、三分の二は本気でそう言っている。

北大路公子さんは、大先生と呼ぶにふさわしいと三分の二は本気で（大事なことなので二回言います）思っている。

北大路さんのエッセイは、芸だ。それもまるで七十代の柔道家が何の力も込めずに二十代の若者を畳にふわりころりと投げ飛ばすかの身体と心が共鳴し合うようなまさに〈心技一体〉の芸術だ。

もしあなたに物書きを職業とする友人がいてまだ北大路さんのエッセイを読んだことがないのなら、読ませてみるといい。その友人が物書きとして正しい資質を備えているのなら間違いなく感嘆するだろう。「こんな文章は絶対に私は書けない。唯一無二の感性を持った人だ」と。そして言うだろう。「この人はその類《たぐ》い稀《まれ》なる感性に加えて、物書きとしての技能も一流である」と。

読者の皆さんは、おもしろおかしい文章にただ笑い、にやにやして、ときには深く頷《うなず》いているだけでいい。エッセイとはそういうものだ。日々の暮らしの中で、軽く息を吐《つ》いて座り心地の良いソファに座る瞬間のように、心も身体も緩めてただゆったりとのんびりと楽しめればそれでいい。北大路さんのエッセイは正にそれだ。読む場所が居間のソファでも台所のテーブルでも寝室の布団の中でもベッドの上でも、どこであろうと読めばその場でゆるゆると心も身体も解《ほど》けていく。

でもそれは、北大路さんの、事象を正確に見取り、きちんと正しく平易な言葉で描写し、なおかつそこに自分の思いやスタンスというものをはっきり込めていくという、簡単そうでいてとてつもなく難しいことをさらりとやってのける文筆家としての確かな実力があってのことなのだ。

エッセイは、難しい。

正直僕はエッセイの依頼は仕事としてはありがたいが、困る。上手《うま》く書けないからだ。厚顔不遜《こうがんふそん》は承知の上で小説書きが下手だとは思っていない。が、少なくともエッセイは下手だと自信を持って言える（言うな頑張れ）。

だから、北大路さんの才能が本当に羨《うらや》ましい。一度でいいから交換してもらいたい。いや本当に一回だけでいいので後はすぐ元に戻してほしいけど。

北大路さんの文章を初めて読んだのは、彼女がまだエッセイストとして名を馳《は》せる以前の〈札幌在住のライター〉の時代だ。彼女が自分のサイトで書き連ねていた酔いどれライター日記（的なもの）を読んで、狂喜乱舞したことをよく覚えている。

札幌にもこんな才能を持った人がいたんだ、と心底驚いてそして喜んだ。これほどまでに全国で通用する〈文章の芸〉を持った人が普通に暮らしているなんて、そして仕事をしているなんて札幌も捨てたもんじゃないぞ、と。

それから北大路さんはエッセイ本を出してあっという間に全国区になり、それでも、今もずっと札幌でペースを崩さずに書いている。

書いているどころか人気者故にその連載エッセイもどんどん増えていき、あまりの多さに大丈夫だろうかと本気で心配になっている。ファンとしては毎日でも読ませてほしいのだが、同じ物書きとしてはいつかネタ切れになってしまうんじゃないかとやきもきもしている。

僕と北大路さんは、毎日のようにTwitterでくだらないつぶやきを交わしているが、楽しくてしょうがない。できればこのまま六十過ぎ七十過ぎ八十過ぎまで、暑いとか寒いとか雪降ってるこっちは降ってないとか雪かきツライとか眠くて原稿書けないわ、などという本当にどうでもいいつぶやきを交わしていきたい。

そして、北大路さんの日々の暮らしから生まれるエッセイをずっと楽しんでいきたい。

大先生、体脂肪が上がるのを阻止せよとは言いませんからビールの飲み過ぎで身体を壊すなんてことだけは避けてくださいね。飲むな、とは言いません。ええ、言いませんから。だって飲まないと確実にネタが減ってしまいますよね。

最後に、北大路さんへ私信。

お願いですからカッパで四百枚書いてください。三百枚でも何だったら二百枚でもいいです。

読者諸氏は何のことかわからないだろうけど、とにかく、僕たち多くの〈北大路公子ファンの小説家〉は、北大路さんが書くであろう〈ある小説〉を本当に、心待ちにしているということを覚えておいてください。もしもそれが上梓《じょうし》された暁《あかつき》には日本全国の本好きがその才能に震え上がることは間違いないのです。

北大路公子大先生、今回はこんな感じでよろしかったですか？

本書は、二〇一三年八月に小社より刊行された
単行本を、加筆修正し文庫化したものです。
初出…「小説　野性時代」二〇〇八年一一月号～二〇一〇年一二月号、二〇一一年三月号～二〇一二年六月号
「それぞれのその後」は、本文庫のために書き下ろされました。

苦手図鑑《にがてずかん》

北大路公子《きたおおじきみこ》

平成28年 10月25日　初版発行
令和7年 4月10日　9版発行

発行者●山下直久

発行●株式会社KADOKAWA
〒102-8177　東京都千代田区富士見2-13-3
電話　0570-002-301(ナビダイヤル)

角川文庫 20010

印刷所●株式会社KADOKAWA
製本所●株式会社KADOKAWA

表紙画●和田三造

ISBN978-4-04-104614-2　C0195

◆◇◇

角川文庫発刊に際して

角川源義

第二次世界大戦の敗北は、軍事力の敗北であった以上に、私たちの若い文化力の敗退であった。私たちの文化が戦争に対して如何に無力であり、単なるあだ花に過ぎなかったかを、私たちは身を以て体験し痛感した。西洋近代文化の摂取にとって、明治以後八十年の歳月は決して短かすぎたとは言えない。にもかかわらず、近代文化の伝統を確立し、自由な批判と柔軟な良識に富む文化層として自らを形成することに私たちは失敗して来た。そしてこれは、各層への文化の普及滲透を任務とする出版人の責任でもあった。

一九四五年以来、私たちは再び振出しに戻り、第一歩から踏み出すことを余儀なくされた。これは大きな不幸ではあるが、反面、これまでの混沌・未熟・歪曲の中にあった我が国の文化に秩序と確たる基礎を齎らすためには絶好の機会でもある。角川書店は、このような祖国の文化的危機にあたり、微力をも顧みず再建の礎石たるべき抱負と決意とをもって出発したが、ここに創立以来の念願を果すべく角川文庫を発刊する。これまで刊行されたあらゆる全集叢書文庫類の長所と短所とを検討し、古今東西の不朽の典籍を、良心的編集のもとに、廉価に、そして書架にふさわしい美本として、多くのひとびとに提供しようとする。しかし私たちは徒らに百科全書的な知識のジレッタントを作ることを目的とせず、あくまで祖国の文化に秩序と再建への道を示し、この文庫を角川書店の栄ある事業として、今後永久に継続発展せしめ、学芸と教養との殿堂として大成せんことを期したい。多くの読書子の愛情ある忠言と支持とによって、この希望と抱負とを完遂せしめられんことを願う。

一九四九年五月三日

角川文庫ベストセラー

角川文庫ベストセラー

三人暮らし
群ようこ

しあわせな暮らしを求めて、同居することになった女3人。一人暮らしは寂しい、家族がいると厄介。そんな女たちが一軒家を借り、暮らし始めた。さまざまな事情を抱えた女たちが築く、3人の日常を綴る。

欲と収納
群ようこ

欲に流されれば、物あふれる。とかく収納はままならない。母の大量の着物、捨てられないテーブルの脚に、すぐ落下するスポンジ入れ。家の中には「収まらない」ものばかり。整理整頓エッセイ。

無印良女《むじるしりょうひん》
群ようこ

自分は絶対に正しいと信じている母。学校から帰宅しても体操着を着ている、高校の同級生。群さんの周りには、なぜだか奇妙で極端で、可笑しな人たちが集っている。鋭い観察眼と巧みな筆致、爆笑エッセイ集。

フリン
椰月美智子

父親の不貞、旦那の浮気、魔が差した主婦……リバーサイドマンションに住む家族のあいだで繰り広げられる情事。愛憎、恐怖、哀しみ……『るり姉』で注目の実力派が様々なフリンのカタチを描く、連作短編集。

嘘つきアーニャの真っ赤な真実
米原万里

一九六〇年、プラハ。小学生のマリはソビエト学校で個性的な友だちに囲まれていた。三〇年後、激動の東欧で音信が途絶えた三人の親友を捜し当てたマリは――。第三三回大宅壮一ノンフィクション賞受賞作。